Isabelle de Charrière

Sir Walter Finch
et son fils William

ÉDITION ÉTABLIE ET PRÉSENTÉE
PAR MARTINE REID

Gallimard

Femmes de lettres

PRÉSENTATION

Étonnante destinée que celle d'Isabelle de Charrière, Hollandaise venue à son mariage habiter une gentilhommière du canton de Neuchâtel ! Née en 1740 dans un imposant château des environs d'Utrecht, Belle van Zuylen reçoit une éducation particulièrement soignée, parle plusieurs langues, dessine à ravir, compose de la musique et passe bientôt pour un prodige d'érudition. On se presse pour la voir et l'admirer. La jeune fille rencontre David Hume, s'entretient avec Voltaire, croise Diderot, se lie d'amitié avec James Boswell, est reçue dans la meilleure société de Londres et de Paris. Il ne lui reste plus qu'à faire un mariage avantageux. C'est là que les choses se compliquent. Belle van Zuylen rechigne manifestement à se donner un maître (une série de prétendants sont éconduits, parmi lesquels le brillant Boswell) ; de leurs côtés, les maîtres potentiels ne sont pas sans craindre cette femme de tête au caractère vif et indépendant : l'admirer est une chose, l'imaginer en épouse (docile) en est une autre. Vieux problème des « femmes savantes ». À trente et un ans, sur un coup de tête qui déplaît d'abord à sa famille, Belle van Zuylen se décide à épouser un hobereau suisse, Charles-Emmanuel de Charrière, dont elle n'aura pas d'enfant. L'histoire reste discrète sur leurs relations, mais les premiers écrits ne font pas mystère du poids de la vie à la campagne, des préjugés qui plombent les consciences et garottent les velléités d'intelligence. Sans éducation ou presque, les femmes assistent généralement impuissantes aux menées des hommes ; ceux-ci, au nom de leur connaissance du monde, décident, agissent, règlent strictement leurs devoirs envers celles qui ont abandonné toute liberté pour eux : la domination est partout et offre avec aplomb mille raisons à son caractère « naturel ». C'est le sujet des *Lettres de mistriss Henley*, ce sera aussi celui de tous les autres romans, contes et comédies qu'Isabelle de Charrière va produire à partir de 1784.

L'œuvre littéraire, comme l'ample correspondance qui la précède et l'accompagne, est rédigée en français, langue de culture dans laquelle Isabelle de Charrière a été élevée (cette Néerlandophone parle l'anglais avec une perfection presque égale, tout en n'ignorant pas l'italien et l'allemand). L'écriture s'accompagne par ailleurs d'un pendant musical conséquent : excellente musicienne, Isabelle de Charrière composera neuf opéras ainsi que des sonates, des romances et des menuets. La musicienne et la femme de lettres souffrent toutefois de se trouver aux marges des grands centres de diffusion artistique ; cela explique, pour le moins en partie, les difficultés rencontrées pour faire exécuter les compositions musicales et monter les opéras, pour faire jouer les comédies, imprimer les romans, en assurer la diffusion et la réception critique. Si elle réussit à publier certains de ses romans en France, à les faire traduire et éditer en Allemagne, Isabelle de Charrière n'arrivera pas à trouver d'éditeur pour *Sir Walter Finch et son fils William* composé en 1799, et ce malgré l'aide de Benjamin Constant : « Je vous prie [...] de donner pour rien mes pauvres Finch ou même de payer pour qu'on les imprime, lui écrit-elle dans une lettre datée de 1801. Il m'est insupportable que ces gens-là restent inconnus. » Le texte finira par être édité à Genève, en 1806, quelques mois après la mort de son auteur. Au-delà d'un large cercle de relations en Suisse et à l'étranger, la notoriété d'Isabelle de Charrière reste alors relativement modeste et il faudra la finesse de vue du critique Sainte-Beuve pour « parler un peu en détail d'une des femmes les plus distinguées assurément du dix-huitième siècle, d'une personne si parfaitement originale de grâce, de pensée et de destinée […] et qui […], par l'esprit et le ton, fut de la pure littérature française ».

Le bref roman intitulé *Sir Walter Finch et son fils William* n'est pas sans rappeler *La Vie et les opinions de Tristram Shandy* de Sterne et *Jacques le Fataliste* de Diderot ; il se réfère explicitement à *Émile ou De l'éducation* de Rousseau et aux *Essais* de Montaigne. Aux uns il emprunte le ton de la narration, inventif et cocasse, aux autres un argument ou une observation. Le roman est pourtant bien autre chose qu'un simple pastiche, qu'une réécriture un peu laborieuse de quelques œuvres célèbres. Parce que Isabelle de Charrière sait observer et raisonner juste, se projeter dans d'autres cultures et les décrire tout en se moquant un peu, parce qu'elle possède ce qui fait un écrivain véritable, une voix propre et une langue à soi, le journal de Finch est un petit chef-d'œuvre d'humour et d'intelligence.

L'auteur n'invente pas seulement un récit à la première personne comme la littérature de l'époque en compte tant : femme, elle se travestit avec bonheur en aristocrate anglais et tient à peu près son langage, attestant au passage une excellente connaissance de l'Angleterre et de ses romans ; romancière, elle compose un journal fictif qui couvre dix-neuf ans environ, du 1er juin 1780 au 3 avril 1799. Dans un gros cahier, pour servir à l'instruction future de William, Walter Finch (dont le patronyme désigne un type d'oiseau chanteur assez commun, dans le genre du canari) consigne les progrès accomplis par son fils pendant son enfance, quelques événements significatifs de sa propre vie, des réflexions sur l'éducation, la société et les femmes. Lecteur de Montaigne, convaincu comme lui que la solitude et les livres sont à tout prendre ce qu'il y a de meilleur, le gentilhomme d'outre-Manche apparaît comme une sorte de héros paradoxal qui, même s'il n'y réussit pas toujours, en particulier dans le domaine sentimental, tente pour le moins de donner à son fils la meilleure éducation possible, une éducation où l'on apprend autant que l'on raisonne, où l'on réfléchit autant que l'on tire parti de l'expérience.

Contre les habitudes de sa classe, sir Walter Finch décide d'abord d'envoyer son fils en nourrice dans une famille de paysans de la campagne écossaise dont, jusqu'à l'âge de cinq ans, l'enfant partage l'ordinaire. Il l'emmène ensuite à Paris où il lui fait donner des leçons par quelques maîtres réputés ; de retour en Angleterre, le jeune William fréquentera Eton, célèbre *public school*, puis la prestigieuse université de Cambridge. Si les dernières étapes de la formation du jeune homme sont celles de nombre d'aristocrates anglais de son temps, les premières en revanche sont plus inhabituelles. Elles font directement écho aux débats sur l'éducation qui agitent le siècle entier et auxquels les théories développées en France par Rousseau dans l'*Émile* (1762), mais aussi par Mme de Genlis dans *Adèle et Théodore* (1782), servent d'épicentre.

Malgré quelques résistances, William croît en intelligence et en « esprit de finesse », convaincu par ailleurs du statut privilégié que lui confère sa naissance. Inutile, pense son père, d'imiter Jean-Jacques Rousseau en tout point, lui qui, dans l'*Émile*, tonnait contre les oisifs, voyait dans le travail la condition même de « l'homme social » et faisait de son élève un menuisier : ce qui est beau dans les livres n'a pas de sens dans la réalité où chacun est à sa place et où l'artisan ne se confond pas avec le maître. Le caractère novateur de l'éducation imaginée par sir Walter trouve ici sa limite. S'il fait prévaloir le *common sense* (il a lu sur ce point le philosophe anglais Thomas Reid), s'il considère la générosité comme un devoir (elle signe l'appartenance à sa classe) et les préjugés comme une manière de penser surannée (ce que prouve son attitude à l'égard de John puis de Tom, petits paysans élevés avec son fils), il n'entend pas pour autant ébranler l'édifice social ou prôner une réelle égalité de condition : la révolution n'a pas eu lieu en Angleterre ; Eton, Cambridge et la marine anglaise sont toujours là, si solides qu'on peut les croire éternels. Le propre de Walter Finch est d'ailleurs d'être « trop modeste pour former un plan, trop irrésolu pour prendre seul un parti », ainsi que sa vieille amie Mme Melvil le lui fait observer. En matière d'éducation, il suit les principes communément partagés, même s'il a manifesté d'abord quelque velléité de s'en écarter et, grand lecteur des auteurs classiques, a suivi son idée en quelques occasions.

Malgré son ton bonhomme, sir Walter possède de puissants *a priori* auxquels rien ne le fait renoncer ; son goût des livres, par exemple, l'emporte un peu trop sur l'intérêt qu'il porte à ses semblables. Si la chose est manifeste en matière d'éducation, elle l'est davantage encore quand il s'agit des femmes. Au lieu de « tartines » sur la condition féminine qui apparaîtraient bien improbables, le pseudo-journal de l'aristocrate rend compte de débats où, le plus souvent, les hommes abandonnent la partie faute d'arguments véritables. « On vous laisse parler incessamment, explique doctement lord C. à sa femme. N'est-ce pas là une indemnité suffisante pour toutes nos usurpations ? » Les discussions entre les époux C.

et Walter Finch à ce sujet sont révélatrices, comme les raisons avancées par lord C. sur la nécessité d'entretenir des maîtresses ou sur l'absence manifeste de talent chez les femmes qui écrivent. Autant de lieux communs, d'idées généralement partagées par des hommes qui ne veulent pas entendre, comprendre moins encore. La conduite de Walter Finch va dans le même sens, lui qui s'est amouraché d'une chimère, a fait un enfant à une femme légère et l'a poussée à en épouser un autre, s'est marié sans amour et se trouve fort heureux d'être revenu à son état de célibataire. Plus tard, on ne s'en étonne guère, il tentera en vain de dessiner pour William quelque portrait de femme idéale. En réalité, son égoïsme l'a perdu, sa paresse intellectuelle aussi : ce n'est pas sur lui qu'il faut compter pour changer le monde.

Tout l'art d'Isabelle de Charrière est là, dans cette ingénieuse façon d'inscrire la contestation dans le texte, mais en négatif, à travers des arguments disparates et des observations piquantes. Le procédé, qu'elle a utilisé dès les *Lettres neuchâteloises* et les *Lettres de mistriss Henley*, puis dans *Sainte Anne* et dans *Trois femmes*, se révèle particulièrement habile. Les héros et les héroïnes de ses romans sont gens ordinaires, leurs manières de penser, communes. À travers eux, l'auteur fait entendre la force des idées reçues, la diffi-culté voire l'impossibilité de raisonner et de se conduire autrement que tout le monde. Plutôt que d'exposer doctement des convictions person-nelles (pourtant très fortes, comme l'atteste sa correspondance), elle pousse à la réflexion en dési-gnant *en creux* d'autres possibles, annonçant en cela Virginia Woolf. Au lecteur de rire des propos du protagoniste et d'en tirer les conséquences : ce n'est pas le moindre des mérites de cette étrangère surdouée que d'avoir réussi à traiter de manière si plaisante des questions si importantes.

MARTINE REID

NOTE SUR LE TEXTE

Sir Walter Finch et son fils William « par Madame de Charrière, auteur des *Lettres écrites de Lausanne*, et de plusieurs ouvrages » a été publié pour la première fois à Genève, chez l'imprimeur-libraire J. J. Paschoud, en 1806.

Nous reproduisons le texte de cette édition après en avoir modernisé la graphie, notamment celle des noms propres. Les habitudes typographiques de l'époque ont été conservées.

Les notes appelées par astérisque sont de l'auteur, celles appelées par chiffres sont de nous.

SIR WALTER FINCH
ET SON FILS WILLIAM

Vous êtes né à Ivy Hall, Westmoreland [1] le premier juin de l'année mille sept cent quatre-vingt. Il y a quatre jours que vous vîntes au monde.

Votre mère était si bien résolue à vous nourrir elle-même qu'elle n'a pas voulu se pourvoir d'une nourrice. Je l'en avais pourtant bien instamment priée, et même un jour je lui amenai une pauvre femme avec l'enfant qu'elle avait au sein. La femme était belle quoique fort maigre, l'enfant était gras, vif et très bien portant. C'était une quinzaine de jours avant celui où votre mère devait être à son terme. Au nom du ciel, lui dis-je, laissez cette femme demeurer dans un coin du château, ou, si vous le voulez, dans l'étable, auprès des vaches. En même temps que nous ferons un acte de charité, nous nous mettrons l'esprit en

1. Ancien comté du nord-ouest de l'Angleterre ; il fait partie du « Lake District ».

repos sur le compte de l'enfant à naître. Si vous n'aviez pas tout de suite une abondance de lait, l'enfant trouverait en attendant de quoi se nourrir. Votre mère ne le voulut pas. Elle a une fièvre qui pourrait bien devenir miliaire ou putride[1], et point de lait du tout. Mon pauvre enfant! on vous nourrit comme on peut. Hélas! je tremble pour vous. Que n'ai-je fait cacher la pauvre femme dans quelque chaumière du voisinage! Il est bien sûr que si votre mère était venue à le savoir elle ne me l'aurait jamais pardonné, mais j'aurais pu faire en sorte qu'elle ne le sût de sa vie. Au pis aller, j'aimerais mieux avoir à supporter sa colère que votre mort. Mon fils! serez-vous un composé de l'entêtement un peu vindicatif de votre mère et de la loyauté timide et souvent mal raisonnée de votre père? J'espère mieux de vous. Vous êtes si joli! Ô vivez, mon fils! ô Dieu, conservez mon fils! J'écris ceci pour que mon fils, s'il peut vivre, sache un jour dans quelle anxiété je suis aujourd'hui pour lui. C'est le quatrième de sa naissance. Supposé qu'il lui reste un peu de faiblesse de tempérament de ce manque d'une bonne nourriture pendant quatre jours, il n'en voudra pas, je pense, à son père. En tout cas, il saura sur quoi doit por-

---

1. L'une provoquait une éruption de boutons, l'autre voyait cette éruption entraîner la gangrène.

ter son chagrin. Trop de condescendance[1] pour une femme. Elle était grosse, presque à son terme, assez incommodée. Mariée fort jeune, elle m'a apporté, avec un bien assez considérable, de la chasteté, de la décence, de l'ordre, de l'économie. La pauvre femme! elle a soupçonné la mendiante d'être ma maîtresse, et son enfant d'être mon fils! Je vais auprès d'elle et la veillerai cette nuit avec une garde. Sa tante, lady C., l'a veillée la nuit dernière. Lady C. est venue assister à ses couches. Si tu perds ta mère, mon cher fils, sois persuadé que ce n'est pas manque de soins. Elle a eu le meilleur accoucheur de la comté[2]. Actuellement un médecin qui est en possession de toute sa confiance et de celle de sa famille, demeure ici et ne la quitte presque pas. Elle n'a pas voulu faire ses couches à Londres.

Ce 11 juin.

Ta mère est plus mal. Sa tante ne cesse encore de vanter son excellent tempérament, et prétend qu'il doit nous ôter toute crainte; mais le médecin est alarmé. On ne te néglige pas, et tu te portes assez bien. J'ai parlé de te donner une chèvre pour nourrice, et, malgré les clameurs des femmes qui prennent soin de toi, je le ferai très assurément.

---

1. «Complaisance qui fait qu'on se rend aux sentiments, aux volontés de quelqu'un» (*Dictionnaire de l'Académie*).
2. Anciennement, le mot était masculin ou féminin.

On l'a fait ailleurs avec succès d'après les conseils de Cagliostro [1]. Mais je n'y pourrais avoir l'œil. Je suis trop agité, trop occupé de ta mère.

Ce 13 juin.
William, vous n'avez plus de mère. Je reste chargé seul de la tâche de veiller sur nous.

Ce 18 juin.
Il se présente assez de nourrices, mais pas une n'annonce à la fois de la santé, de la douceur et des mœurs honnêtes.

Ce 30 juin.
Vous vivez, mais vous ne prospérez pas. Je vais vous porter à la fille de ma nourrice, à ma sœur de lait, mariée en Écosse. Vous partagerez la nourriture qu'elle donne à son propre enfant âgé de trois mois. C'est une bonne femme, un peu vive ; mais son mari est si indolent qu'il faut bien qu'elle le gouverne, et il est assez naturel qu'elle le brusque quelquefois un peu. Leur habitation est fort isolée. J'y fus l'année dernière. Le pays est pauvre ; les enfants de Sara sont malpropres, mais

1. Giuseppe Balsamo, comte de Cagliostro (1743-1795), célèbre guérisseur italien, franc-maçon, pratiquant les sciences occultes. Isabelle de Charrière l'avait consulté en 1783.

sains et vigoureux. Quand nous serons arrivés à Glasgow, je quitterai ma voiture, et Ralph et moi nous te porterons chez Sara Lee. Lady C. voulait te prendre chez elle, et te donner sa femme de chambre pour nourrice ; mais cette femme vient de Londres. Son mari a été valet de pied du prince de Galles, et elle écrit à sa maîtresse que l'enfant dont elle accoucha la veille du jour où tu vins au monde est mourant. Tu serais chez lady C. bien lavé et peigné ; mais j'aime mieux que tu sois un peu sale et parmi les enfants et les chèvres de Sara.

Ce 10 juillet.

Je reviens de mon expédition. Sara nous a très bien reçus. Vous êtes plus joli que son nourrisson, et déjà vous lui êtes préféré par sa propre mère. Vous courez plus de risque d'être gâté que négligé ! J'ai trouvé ici tous les visages allongés et rembrunis. Lady C. se flattait que, rebuté par l'aspect que m'offriraient Sara et sa famille, je vous rapporterais. Elle ne me connaît pas, et n'a jugé de moi que par mes complaisances pour sa nièce. Eussent-elles été excessives, je ne m'en repentirais pas. Une jeune femme, ma femme, celle qui a dû espérer de trouver en moi un protecteur, un ami indulgent, avait des droits presqu'illimités. Il eût fallu qu'elle-même y mît des bornes, et c'est ce qu'elle n'a pas fait. Une seule fois je lui adressai quelques représentations dans lesquelles je n'avais que son bien-être en vue. N'aurais-je donc fait, en me mariant, dit-elle, que changer une gouvernante contre un gouverneur ? Depuis ce moment je n'ai jamais objecté, ni remontré, ni contredit. Ma femme me demanda un jour si je ne serais pas d'avis que les femmes partageassent avec les hommes toutes les charges et tous les honneurs ? Sans doute, lui répondis-je, si nous n'étions déjà pas, sans elles, trop de postulants. C'était dans une promenade qu'elle me fit cette question. L'instant d'après, un coup de fusil que nous entendîmes à plus de six cents pas de nous, la fit crier et pâlir. Vous ne seriez pourtant pas d'avis, lui dis-je, qu'on vous fît général d'armée. Non, dit-elle, seulement chancelier ou ambassadeur. Mon fils, vous lirez ceci avant de prendre une femme. Lady C. est fort étonnée. J'ai rapporté vos robes [1], vos bonnets, avec leurs dentelles et leurs broderies, et j'ai envoyé une centaine d'aunes [2] de toile blanche et peinte à Sara. On brûlera les habits de laine des enfants. Je serais fâché que vous prissiez certaine maladie qui n'est pas rare dans le pays où vous êtes. Lady C. est votre marraine ; je suis fâché que

1. Les petits garçons portaient alors des robes jusqu'à l'âge de six ou sept ans.
2. Mesure ancienne équivalant à 1,18 m.

tout cet arrangement lui déplaise si fort, mais je crois avoir pris un bon parti : je m'y tiendrai.

Ce 14 juillet.
Lady C., très mécontente de mes bizarreries, est décidée à retourner demain à Thorn Hill. Je n'ai nul sujet de m'affliger de son départ, mais sa mauvaise humeur ne laisse pas de me faire de la peine. — Je crois que vous êtes un philosophe, m'a-t-elle dit ce matin. — Qu'est-ce, Madame, qu'un philosophe ? — Une espèce d'hommes que je ne puis souffrir. — Lord C., dont vous vous plaignez si souvent, serait-il aussi un philosophe ? — Non : sans compter ses vices, il a de très grands défauts ; mais au moins n'est-il pas un de cette monstrueuse espèce d'hommes qui ne suit que ses propres idées dans les choses où il y a des idées adoptées aveuglément de tout le monde. Il m'a laissée gouverner mes enfants comme c'est l'usage et comme je l'ai trouvé bon. Ici je me suis souvenu que trois filles qu'ont eues lord et lady C. sont mortes en bas âge. Comme mylord ne souhaitait qu'un fils, il s'en est aisément consolé. — Au reste, m'a dit votre marraine, je présume que vous oublierez bien vite cet enfant exilé au bout du monde, et que vous ne tarderez pas à vous remarier. Du moins en ferez-vous la tentative, mais vous ne pourrez réussir qu'auprès d'une fille dont personne ne voudra, car je pré-

viendrai le public que vous êtes… Ici elle s'est arrêtée, ne trouvant pas d'épithète bien fâcheuse qu'il ne fût absurde de me donner. Je serais très affligé, Madame, ai-je dit, si j'apprenais que lady C. parlât mal d'un homme qui la respecte et qui lui a des obligations ; mais, quant à l'effet que cela produirait sur de jeunes filles et sur leurs parents, je n'en suis nullement en peine. J'aurais, pour moi et contre vous, votre propre témoignage et celui de toutes les personnes qui pendant trois ans m'ont vu le mari du monde le plus complaisant et le plus doux. J'ai vingt lettres de vous à votre nièce où vous la félicitez du choix que vous l'avez aidée à faire. — Et vous prétendez vous servir de tout cela pour remplacer au plus tôt ma pauvre nièce, et donner une belle-mère et des frères à son fils ? — Non, Madame. Je ne prévois pas que je pense jamais à me remarier, car trois ans de mariage… — M'allez-vous dire que c'est assez, et que ma pauvre nièce, cet ange qui est maintenant dans le ciel, vous a dégoûté du mariage pour le reste de votre vie ? — Non, Madame je dirai seulement que trois ans de mariage m'ont appris que cet état ne laisse pas d'imposer des devoirs de plus d'une espèce, qu'il est difficile de les remplir tous, qu'on est porté à les sacrifier les uns aux autres faute d'assez de jugement ou de fermeté pour tenir toujours entre eux la balance égale. — Ah ! que voilà bien le langage des maris ! Ils se plaignent tous de n'avoir pas assez de fermeté pour résister aux volontés de leurs femmes, et Dieu sait qu'au lieu de fermeté ils ne manquent que de douceur et de condescendance. — Je n'ai pas dit un mot, Madame, de ce que vous supposez, et vous m'avez mal entendu. — Oh, sir Walter ! je vous entends de reste. Mais, vous direz ce qu'il vous plaira : ma nièce était un ange. J'avais eu plus de part que personne à son éducation, oui, plus que toutes ses gouvernantes ensemble, me réservant toujours le choix de ses livres et de ses compagnes : car on sait que je ne fais et ne conseille que d'excellentes lectures. Quant aux amis, je ne vois que des gens raisonnables et éclairés. — Madame, je désire de vous comprendre. Souhaiteriez-vous qu'ayant pris, d'après l'expérience que j'en ai faite, un grand goût pour le mariage, je cherchasse à me remarier bientôt ! — Ô, sir Walter, quelle question ! Si c'est une plaisanterie, elle est bien mauvaise, et je n'attendais pas cela de vous. Ici votre marraine, mon fils, s'est mise à pleurer. Ce qu'on n'apprend ni au collège, ni aux universités, c'est de soutenir comme il le faudrait une pareille conversation. Je croyais l'avoir passablement appris depuis mon mariage, mais quelque chose encore me manque à cet égard. Les pleurs de votre marraine m'en ont averti. Il faudrait n'exiger aucune justesse, ne tendre à aucune conclusion, et ne répondre jamais qu'au dernier mot prononcé par l'interlocutrice. J'ai répété que je ne prévoyais pas que je voulusse me remarier, mais que je ne prenais à cet égard aucun engagement. Vous lirez tout ceci, mon fils. Notez qu'en effet lady C. a la réputation d'aimer la lecture, de se connaître en livres, de les bien choisir, de bien choisir aussi sa société, et qu'il y a des gens passablement glorieux d'être reçus chez elle. Milord s'en est aperçu, et je l'en ai vu rire aux larmes en présence de sa femme, sans qu'elle pût deviner de quoi il riait.

Ce 15 juillet.

Lady C. est partie. Je ne détaillerai pas ici, mon cher William, toutes les raisons qui vraisemblablement m'empêcheront de me remarier. Je ne veux pas vous faire peur du mariage. Mais apprenez que je ne regarde pas, actuellement, comme un sacrifice très méritoire celui que je me propose de vous faire en restant veuf; apprenez aussi sur quoi je fonde l'espoir que j'ai de n'avoir pas sur ce point de grandes tentations à surmonter. J'ai été élevé dans la peur des femmes. L'exemple de mon père, tourmenté depuis vingt ans de la goutte, depuis dix de mistriss White, jointe à la goutte, m'effraya extrêmement au moment où les femmes pouvaient commencer à m'être de quelque chose. Ô les femmes! les femmes! les maudites femmes! criait sir Thomas dans l'excès de ses souffrances. Mon fils, ce sont les femmes… Mais mistriss White entrait-elle, mon père se taisait, et il aurait souri s'il l'avait pu. Après un accès de goutte, qui se portant à l'estomac l'avait mis à deux doigts de la tombe, mon père jugea à propos d'épouser mistriss White. Peut-être en avait-il fait la promesse pendant le péril ; et quoi qu'on dise communément : *Passato il periglio gabbato il santo* [1], le saint, cette fois, n'entendant pas raillerie, il fallut accomplir le vœu. Aussitôt on vit arriver à Ivy Hall trois petits bambins, assez mal élevés et très importuns, avec une grand'mère, des oncles, des tantes… Oh Dieu! quel cortège! Mon père, honteux, attristé, n'y put tenir. Il s'en alla à l'Hermitage, à douze milles d'ici, chez un ami qui vivait seul. Pendant ce temps-là, lady Finch donna un repas à ses parents et à quelques voisins, et en fit si bien les honneurs que, voulant descendre pour la cinquième ou sixième fois à la cave, elle roula du haut en bas de l'escalier, et se fractura un bras, une jambe, la nuque du cou et la tête. On ne put tout raccommoder. Se sentant mourir elle avoua que de trois enfants qu'elle produisait, il n'y avait qu'une petite fille de neuf ans qu'elle dût

___

1. Proverbe italien : « Une fois le danger passé, le saint est oublié. »

attribuer à sir Thomas. Je reçus cette déclaration. Quel spectacle que l'agonie de cette femme! J'avais alors un peu plus de seize ans. Quand mon père revint, les White, grands et petits, avaient déjà quitté Ivy Hall, si ce n'est Margaretta, que je voulus garder pour qu'elle amusât et servît mon père; mais, du plus loin qu'il la vit, il s'écria:

— Je ne veux autour de moi ni femme ni fille; je ne veux pas qu'un cotillon m'approche. On l'envoya donc le plus loin qu'on pût, chez une couturière en robes, où elle est restée jusqu'à ce qu'une dot de cent livres sterling l'eût mariée avec un marchand de fromage de Gloucester*. Sir Thomas défendit à tous ceux qui composaient sa maison, sous peine d'être aussitôt chassés, de prononcer le nom de la *défunte coquine*. C'est ainsi qu'il appelait cet objet d'amour, puis de terreur, qui à la fin avait fait son tourment et sa honte. En vérité, il sembla renaître de ses cendres, et il a vécu encore quelques années aussi heureux que la goutte le permettait. Ce ne serait encore rien que la goutte, disait-il quelquefois, mais le souvenir de ses causes maudites! À dix-sept ans je fus envoyé à l'université. Mes études préparatoires étaient faites; je me livrai à celles qu'on prescrit particu-

* Ses enfants, en Angleterre, ne sont pas légitimés par un mariage subséquent. (*Note de l'auteur.*)

lièrement aux jeunes gens destinés à l'Église. Le décorum[1], nécessaire à mon état, joint à tout ce que j'avais vu et entendu si récemment, me garda alors des femmes, et j'étudiai sans distraction jusqu'à l'âge de près de vingt ans. Mon frère aîné étant revenu de ses voyages, je fus invité à le venir voir à Ivy Hall. J'allai, je le vis et ne le reconnus pas. Mon frère était aimable et poli ; il ne buvait ni ne jurait, mais il était si pâle et si décharné ! il avait une toux si fréquente et si sèche ! — C'est encore aux femmes que nous devons cela, me dit mon père quand nous fûmes seuls. J'en suis fâché, je l'aimais. À l'heure qu'il est, le voilà plus vieux que son père. Oh ! les femmes, les femmes ! — Ne seraient-elles point en droit, dis-je à sir Thomas, de crier tout de même : — Oh ! les hommes, les hommes ? —Peut-être, me répondit-il naïvement. J'avoue n'y avoir jamais pensé. Ce n'est pas la seule preuve que j'aie eue que mon père se fatiguait peu à penser ; j'ai même lieu de croire que, de père en fils, dans notre noble et antique famille, on ne pensait presque point. Aussi ne dirai-je pas comme l'arrière-petit-fils de Grotius[2] : — Je ne

1. Lat. : formes en usage.
2. Hugo de Groot, dit Grotius (1583-1645), diplomate hollandais et célèbre juriste, auteur du *De jure pacis ac belli*. Réfugié en France à la suite de positions politiques jugées séditieuses, il sera nommé ambassadeur en Suède.

doute pas que mes descendants ne soient imbéciles. Mon bisaïeul avait beaucoup d'esprit ; mon aïeul n'était qu'un homme d'esprit ; à peine pouvait-on en dire autant de mon père : on ne peut le dire de moi, et mon fils est décidément un sot. Sir Thomas reprit : — Votre frère, mon ami, voudrait se marier ; il a vu à Paris la fille du duc de *, lady Mary *, et il s'en est amouraché ! Au premier mot on la lui donnerait ; mais ce serait grever bien mal à propos votre bien d'un douaire. Dans ce moment mon frère entra. Un mort n'est guère moins en vie. Cependant il était frisé, poudré, parfumé. Le lendemain je me remis en route pour Cambridge [1]. Demain, William, je continuerai. Cette histoire est assez longue, ou du moins je pourrai me laisser entraîner à la faire longue.

Ce 16 juillet.

J'étais dans un *whisky* [2], à une lieue encore du terme de mon voyage ; j'admirais la nature. Voyez, disais-je à Ralph, combien le ciel est pur, clair, serein ! C'était à quatre heures, un des premiers jours de septembre. Tout à coup, au tournant d'un chemin, je vois une voiture arrêtée. J'arrête

1. Située à soixante-quinze kilomètres au nord de Londres, cette prestigieuse université a été fondée au XIIIᵉ siècle. Sir Walter Finch y enverra son fils devenu grand.
2. Voiture légère alors à la mode en Angleterre.

34

machinalement la mienne. Une figure angélique frappe ma vue ; une voix angélique se fait entendre et pénètre jusqu'à mon âme. Encore à présent je lui entends dire : — Ne craignez rien madame ; il n'y a rien à craindre. C'était en français, mais l'accent n'était pas précisément français. Non, la France, trop orgueilleuse déjà, ne peut sûrement pas se vanter de lui avoir donné le jour. À peine venait-elle de jeter les yeux sur moi, elle me saluait, quand le carrosse se remit en mouvement. La vision finit là, et jusqu'à cet instant tout a été dit. Cependant ce n'a pas été un rêve : Ralph l'a vue ainsi que moi. Après quelques minutes il me dit : — Eh bien, Monsieur, restons-nous ici ? Alors j'excite doucement mon cheval, et nous continuons lentement notre route. — Ralph, à qui parlait-elle ? — À une dame un peu âgée, qui paraissait une gouvernante. — Y avait-il quelqu'autre personne dans la voiture ? — Oui, une jolie femme de chambre. — Combien de chevaux ? — Quatre, et deux domestiques à cheval. — Les armoiries ? — Je n'ai pu les voir, le carrosse était chargé de poussière. Arrivé à Cambridge, je vais chercher lord Frederic*, mon seul ami, et aussitôt je lui parle de l'inconnue. Les jours suivants il court avec moi s'informer. Nous n'apprenons rien. Si elle était ce qu'elle vous a paru, me dit-il enfin, tout le monde l'aurait remarquée. Mais il avait tort et je le lui dis. Une pareille figure n'est pas remarquable pour des yeux vulgaires. Blonde, fort blanche, des yeux bleus, des traits doux et réguliers, une coiffure très simple ; je l'ai presque toujours vue entre les femmes et moi. C'est d'elle que votre mère était jalouse, sans savoir qu'elle existât. Je n'ai jamais parlé d'elle qu'à lord Frederic. C'est à la faveur d'une ombre de ressemblance, ombre passagère, imaginaire peut-être, que Fanny Hill [1] s'empara un moment de mon attention. Vous avez une sœur, mon fils : je l'ai envoyée en Amérique, non pour l'éloigner de moi, mais parce qu'elle aurait fait ombrage à votre mère, et parce qu'une très bonne femme a bien voulu s'en charger. Il ne s'en est pas fallu de beaucoup, pour le dire en passant, que je n'aie épousé Fanny Hill. Ce fut mon premier mouvement quand j'appris qu'elle était grosse. Une maîtresse, un enfant illégitime blessaient ma régularité ; heureusement pour moi, je la surpris dans les bras d'un jeune laboureur, et ma perplexité cessa ; mais sa fille est venue au monde précisément lorsqu'il le fallait pour qu'il n'y eût point de doute sur la paternité. Voilà assez d'objets d'affection et de sollicitude.

1. Clin d'œil à la fille de joie du célèbre roman libertin de John Cleland, *Memoirs of a Woman of Pleasure*, traduit pour la première fois en français en 1751.

Toi, mon cher William, ta sœur Félicia, car je puis la rappeler quelque jour. J'ai marié Fanny avec John, le laboureur, six mois après ses couches, qui sont et seront, j'espère, toujours un secret pour lui. Elle est assez bien établie. Voilà, dis-je, assez d'objets d'une tendre affection. Deux enfants! Mais l'inconnue surtout te préservera d'une belle-mère. Si pourtant je la retrouvais, qu'elle fût libre, qu'elle voulût accepter ma main et ma fortune, alors n'approuverais-tu pas que je te misse sous sa protection?

Ce 28 juillet.

Je me suis occupé de vous, mon cher William. J'ai envoyé Ralph chez Sara : vous vous portez bien ; les habillements neufs sont faits. Je reprends mon histoire. Lord Frederic me voyant toujours occupé de l'inconnue, me raillait quelquefois. Si, disait-il, elle était aussi sotte que belle… Je ne la crois pas fort spirituelle, lui disais-je. Je pense que les anges n'ont pas précisément de l'esprit, et qu'on a tort de dire : de l'esprit comme un ange. La placidité d'un ange doit empêcher les saillies de l'imagination, en même temps que celles de l'humeur ; la bonté d'un ange ne permet pas les épigrammes, la pureté d'un ange est un obstacle aux plaisanteries tant soit peu libres ; et qu'est-ce que l'esprit sans ces choses-là ? — À votre compte, un ange pourrait bien n'amuser pas du tout. — Il n'est pas de la dignité d'un ange d'amuser : tout ce qu'il peut faire est de se laisser amuser ; mais la plus haute dignité serait de n'avoir pas besoin d'amusement. — L'ange aura-t-il du sens au moins ? — Oui, mais dans une sphère assez bornée, et relativement à des objets simples, nobles et purs comme lui-même. Ne lui donnez point de procès à suivre, point d'élection à faire tomber sur un mari ; ne lui donnez pas cinq ou six enfants, ni autant de domestiques à tenir en règle. Sa fermeté ne pourra consister qu'en une parfaite égalité d'âme, son courage qu'en une patience extrême. — Et en un clin d'œil vous avez vu tout cela ? — Certainement. — Et vous la voudriez pour votre compagne à vie ? — Oui. — Mais vous ne l'avez vue qu'assise dans son carrosse… — Je le sais bien, et j'ai déjà pensé que si elle était boiteuse je la porterais, ou la mènerais dans un petit chariot partout où elle voudrait aller. Cette chimère, mon fils, cette femme, en quelque sorte fantastique, nous était devenue si familière qu'elle était de toutes nos promenades, de toutes nos conversations, et notre goût pour la retraite, l'étude, la campagne, en fut considérablement augmenté ; car, le moyen d'associer notre ange avec les plaisirs bruyants de nos jeunes camarades. Le moyen de placer son image au milieu de

Londres, de ses brouillards, de sa poussière, et parmi le commérage de la ville et de la cour! Nos projets même se ressentaient de l'idée qui nous dominait. Ceux qui ne pouvaient convenir à l'inconnue ne nous convenaient pas non plus. Or, les titres ne lui auraient donné aucun relief, les diamants ne l'auraient point embellie, mais le fin lin paraissait fait pour elle, et il appartenait aux fleurs de la parer. J'étais peut-être le plus enthousiaste des deux, et cependant j'étais le plus tranquille. La curiosité de lord Frederic était inquiète et ardente; il me questionnait sans cesse, quoiqu'il n'ignorât pas que je ne savais rien. Je me rappelle qu'un jour je lui dis : — Pour vous donner une idée un peu distincte, pensez qu'elle ressemble à Clarisse Harlowe et à Julie d'Étanges[1]; mais elle est plus gracieuse que la première, et elle a je ne sais quoi de plus noble et de plus sage que l'autre. Je crois que sa gouvernante a mieux valu que la bonne Chaillot[2]. — Vous êtes plaisant, me dit lord Frederic, de me renvoyer à des livres pour une idée *distincte*! Elle ressemble donc à ce que

---

1. Héroïnes de deux romans célèbres de l'époque, *Clarissa Harlow* (1747-1748) de Samuel Richardson, que l'abbé Prévost avait traduit en français, et *Julie ou la Nouvelle Héloïse* (1761) de Jean-Jacques Rousseau.
2. Gouvernante de Claire, amie de Julie, dans le roman de Rousseau.

personne n'a vu et qui n'a point existé. Était-ce ma faute ? Ceci me rappelle ma méprise, quand je trouvai que Fanny Hill lui ressemblait. L'illusion cessée, je n'ai pu la comprendre ni la faire renaître. Tout au plus le cou, les cheveux, ce qui n'a rien de commun avec l'idée qu'on prend d'une personne en la regardant. Mais en voilà bien assez sur ce chapitre.

Ce 30 juillet.

Je ne songeais pas à quitter Cambridge. Lord Frederic le quitta, je restai. Je crois que j'y serais encore à continuer mes études, et cela autant par distraction que par goût, si mon père ne m'eût écrit de revenir chez lui incessamment. Je le trouvai pleurant la mort d'un homme, qui avait encore tous les accessoires de la vie. Il expira le lendemain. — Dans trois mois vous serez majeur, me dit mon père. Mettez-vous en possession de mon bien dès à présent ; je n'ai plus la force ni le courage de le gérer. Quand je ne serai plus, vous pourrez, si vous le voulez, songer à épouser celle qu'on avait déjà comme accordée à votre frère. À peine écoutais-je mon père : je n'ai jamais pensé à ce mariage. Vers ce temps-là j'appris que lord Frederic était allé faire un tour sur le continent avec sa famille. Mon père survécut près d'un an à son fils aîné. Déjà on m'avait conseillé de renon-

cer à la carrière ecclésiastique, et j'y avais consenti
de grand cœur. Je n'étais fait pour aucune charge
publique. Dans le fond je n'aime que les livres.
Ma bibliothèque, et mon parc avec un livre, voilà
où je suis bien. La chasse m'est insupportable ; la
compagnie des femmes, où il faut parler un peu,
de peur de passer pour un sot mal élevé, et ne parler de rien de suite, de peur de passer pour un
pédant, me déplaît aussi. Je n'aime ni les expériences d'agriculture, ni aucune autre. Tantôt le
bruit, tantôt l'odeur, tantôt la fatigue me rebute.
En revanche, presque toutes les théories m'inté-
ressent. Ce que j'en dis n'est pas pour blâmer ni
louer les différents goûts des autres, et tu aimeras,
mon fils, ce qu'il te plaira sans que je m'en for-
malise ; tu feras même à Ivy Hall, moi vivant, tous
les essais de culture que tu voudras. Dès que je
m'appelai sir Walter Finch, avec un bien clair et
libre de toutes dettes, on me pressa de me marier.
L'un me parlait de la fille de son ami, l'autre me
faisait l'éloge de sa propre nièce. Je différai tant
que je pus, mais enfin, je fus conduit à épouser
ta mère. L'amour, de mon côté du moins, n'eut
pas la moindre part à ce mariage ; de sorte que
les premiers jours j'étais sans cesse tenté de vivre
comme si je n'avais pas été marié. Tout à coup
quelques mots assez vifs de lady C., et un air un
peu piqué de ma jeune épouse, me firent souve-

nir de tous mes devoirs, et je me résolus à les remplir. L'engagement que je pris avec moi-même fut si précipité, que je ne songeai à faire aucune restriction. Je ne me réservai aucune liberté. Après m'être demandé ce que je ferais si j'avais épousé l'inconnue, je promis intérieurement de faire tout ce que j'aurais fait. Dans les occasions imprévues, je m'interrogeais de la même manière, et me conduisais d'après les réponses que je m'étais faites. Je ne sais comment votre mère, qui n'était pas extrêmement fine, aperçut à peu près la vérité. Il semble, me disait-elle, que quelqu'un vous conseille tout ce que vous faites pour moi. Cela ne vient pas de vous-même. Je l'assurais que je ne recevais de conseil de personne et n'avais aucune liaison qui ne lui fût parfaitement connue. Quoique je disse vrai, il y avait aussi quelque vérité dans son observation et quelque fondement à ses plaintes ; mais que pouvais-je faire ? Redoubler de complaisance et de dévouement ; mais cela ne guérissait pas absolument la plaie. Si votre mère, mon fils, a été passablement heureuse, ce n'a point été par moi, mais par les choses étrangères dont je la laissais jouir sans la contrarier jamais. Quand il fallait que je concourusse à ses amusements pour qu'elle en pût jouir avec plénitude, j'y concourais, non seulement sans me plaindre, mais avec tout l'empressement et toute l'industrie dont je suis capable. J'ai été en trois ans quatre fois à Londres, et, ce qui était bien plus méritoire, deux fois chez lady C., à Thorn Hill. J'ai donné, à chaque jour de naissance de votre mère, une grande fête à Ivy Hall. On y a dansé et joué la comédie. J'y fis le prologue de *All for love*[1]. Le petit chien de votre mère m'a à moitié mangé mon Horace. Lord Frederic et moi en avions rempli les marges de nos observations, et je n'ai fait autre chose que de lui ôter l'Horace, lui donnant en échange quelque moderne poète français. Je fumais quelquefois, je n'ai plus fumé. Je me levais et me couchais tard ou de bonne heure, selon ma fantaisie, j'ai observé des heures fixes. J'aurais voulu ne dîner pas et souper, j'ai dîné et n'ai pas soupé. Je ne pense pas que je me remarie. Je vous dirai, en passant, mon cher William, que vis-à-vis de vous je n'ai pris ni ne prendrai un engagement pareil à celui que je pris à l'égard de votre mère. Les gens sublimes et à systèmes d'éducation croiraient, s'ils voyaient ceci, que c'est de peur de vous gâter par une condescendance illimitée ; ils se tromperaient et me feraient trop d'honneur. C'est pour moi-même, c'est pour l'amour de moi que je veux conserver plus de liberté. Mon bonheur, mon repos, entrent chez moi en ligne de compte. Dans

---

1. *All for love, or the World well lost* (1678), tragédie de John Dryden (1631-1700).

ce que je ferai relativement à vous, j'aurai en vue premièrement vous, secondement moi, troisièmement la société, je veux dire votre pays et vos contemporains, car, de vous élever pour l'univers et pour tous les siècles, je n'y pense pas. Je sens qu'il pourrait y avoir de bonnes choses à faire *pour vous*, que je ne tenterai pas, les trouvant *pour moi* trop pénibles. Quand je verrai en opposition une peine certaine *pour moi* et un avantage douteux *pour vous*, il y a toute apparence que je m'abstiendrai, ou pour mieux dire me dispenserai. En théorie du moins, les gens dont je parlais tout à l'heure semblent vouloir que la génération présente ne vive que pour la génération future. Je ne vois nulle justice à ce sacrifice qu'on prétend exiger. Mon fils, si je continue, comme je n'en doute pas, cette histoire de votre enfance et de votre éducation, jeune encore vous la lirez, et il ne sera pas trop tard, à ce que j'espère, pour que vous puissiez réparer mes fautes, et suppléer à ce que j'aurai pu négliger.

Ce 6 novembre.

Ralph vous est allé voir. Il a mené chez Sara une blanchisseuse et une couturière. Le drap, le bath [1], la flanelle ont été substitués à la toile peinte, à laquelle on reviendra au mois de mai.

1. Toile fabriquée à Bath, dans le Somerset.

Ce 20 décembre.

Je viens d'apprendre une chose bien singulière. L'inconnue était lady Mary*, et lord Frederic l'a si bien cherchée qu'il l'a trouvée. Elle était à Nice avec une parente. Lord Frederic l'a épousée.

Ce 2 juin 1781.

Vous êtes sevré ; vous vous portez très bien. Il y a eu hier un an que vous vîntes au monde. Il y a près de trois ans que lord Frederic est marié. J'ai relu pendant l'hiver mes classiques grecs et latins, et n'ai bougé d'Ivy Hall. Avant l'hiver je vous irai voir à Lone Banck.

Ce 4 septembre.

Je vous ai vu, mon cher William. Vous êtes un très bel enfant. Vous marchez, mais ne parlez pas encore. Un gros chien, quatre chèvres, trois petits garçons, voilà ce qui forme votre cour. Oui, votre cour. Ce n'est pas ma faute. Sara exige pour vous des égards. — Je ne cesse, disait-elle, de répéter aux aînés de mes enfants que c'est grâce à master William qu'ils sont proprement vêtus ; que c'est grâce à l'argent de sir Walter, que mon mari a le loisir de les peigner et de leur apprendre l'alphabet et leurs prières ; aussi ne manquent-ils pas de prier tous les soirs pour sir Walter Finch et pour son fils. Il n'y a pas de mal qu'ils apprennent de bonne heure à avoir de la reconnaissance et de la complaisance. Que risque-t-on de leur donner les habitudes dont on s'est trouvé bien soi-même ?

Ce 30 avril 1782.

Vous avez eu la petite vérole, ainsi que vos trois camarades. Le mal était à son plus haut période[1] quand Sara a su ce que c'était. Alors elle a jugé qu'il était trop tard ou trop tôt pour m'écrire, et qu'il fallait m'épargner une inquiétude qui ne pouvait plus être bonne à rien. Je n'ai donc été informé que lorsque vous avez été en pleine convalescence. J'ai, mon fils, une bien sensible joie. Je suis un peu indisposé. Ralph vous ira voir incessamment.

Ce 15 mai.

Il semble que votre maladie vous ait fait grandir. Vous êtes à merveille et vous commencez à parler assez distinctement. Au retour de Ralph j'ai écrit à lady C. Elle trouve mauvais que vous n'ayez pas été inoculé[2] il y a longtemps. On voit bien, à

---

1. « Le plus haut point où une chose puisse arriver » (*Dictionnaire de l'Académie*).
2. L'inoculation contre la variole, ou petite vérole, commençait à se faire alors, non sans débats et sans risques. La mère d'Isabelle de Charrière était morte des suites de l'inoculation en 1768.

ce qu'elle dit, que je vous oublie et vous néglige. Elle craint pour vous la gale et l'accent écossais. Puis elle m'appelle un *musty philosopher*[1], et après m'avoir dit bien du mal de moi, elle voudrait que je me fisse connaître dans le monde, dans la chambre des communes ; après quoi je pourrais devenir pair du royaume. Certainement, dit-elle, il vous serait très agréable de laisser un si beau titre à votre fils. J'allais lui répondre que, d'après ce qu'elle pense de moi, elle doit trouver fort bon que je me cache ; mais c'était retomber dans ma vieille erreur, de vouloir argumenter avec qui n'entend pas l'argument, et, déchirant la lettre commencée, je lui ai simplement écrit, que je la remerciais de sa bienveillance pour vous et pour moi. Après un demi-quart d'heure de conversation on doit savoir à quoi s'en tenir, pour la vie, sur quelqu'un, quant à sa capacité d'entendement ; pourquoi donc vouloir encore essayer de lui faire entendre ce qu'il ne peut entendre ? Il y a pourtant un avantage à cette sottise, pour celui qui vit avec des sots. Il s'entretient dans l'habitude de parler raison, ce qui entretient celle de penser raison. S'il me fallait vivre avec lady C., je parlerais à elle pour l'amour de moi. Enfermé avec une buse, un oison, il serait assez utile, et d'ailleurs assez consolant de s'ima-

---

1. Litt. : « philosophe moisi », ayant adopté des vues surannées.

giner que l'animal entendra un jour, si on ne se lasse pas de lui parler. Puissiez-vous, mon fils, n'avoir jamais besoin d'une illusion pareille! Ne serait-ce point là le fond de la fable de Pygmalion[1]? Souvent seul dans son atelier avec une femme, ou, si l'on veut, une statue, son propre ouvrage, il lui parlait, et il vint à croire qu'elle l'entendait. Je penche à croire que c'était une belle femme, un modèle, et non tout à fait une statue. Combien de temps l'illusion aura-t-elle duré?

Ce 20 mai.

J'ai reçu une lettre de lord Frederic. «J'aurais, me dit-il, des remords si vous n'aviez pas été marié quand je l'ai cherchée, ou si vous aviez été veuf quand je l'ai trouvée. Je la reconnus à l'instant où je la vis, et la demandai aussitôt à ses parents. Elle ne montra d'autre volonté que de se conformer à la leur. Elle n'est pas boiteuse.»

Ce 6 octobre.

Je vous suis allé voir. Vous êtes très fort pour votre âge. Je me rappelle qu'on m'avait dit que

1. Selon la légende, Pygmalion demanda à Aphrodite de lui accorder une femme à l'image de celle qu'il était en train de sculpter. Celle-ci anima la statue.

lady Mary était mariée, mais je n'y avais plus pensé, parce que cela me paraissait peu intéressant. Comment deviner que celle qui portait ce nom était la même qui me rendait si indifférent, si distrait sur tout son sexe? On m'avait en quelque sorte proposé de l'épouser, mais je n'écoutai pas, détourné d'elle par son image. Peut-être m'a-t-on dit, dans le temps, que lord Frederic était marié; peut-être même disait-on avec qui, mais j'aurais cru que ce mariage s'était fait comme le mien, et alors c'est à peine un événement dans la vie d'un homme. Sans vous, William, j'aurais déjà presqu'oublié que j'ai été marié, et je me surprends à me croire garçon, au lieu de me savoir veuf.

Ce 7 octobre.

Je me suis enfin résolu à répondre à lord Frederic. *Milord, je vous félicite* : voilà toute ma lettre.

Ce 20 octobre.

Quand mon frère revint de ses voyages, on me dit que celle qu'il voulait épouser était dans sa dix-septième année. J'avais alors près de vingt ans. Je me suis marié en juillet 1777. Le mariage de lord Frederic s'est fait plus tard. Elle avait vingt ans, je pense, cependant *elle n'a montré d'autre volonté que de se conformer à celle de ses parents*. Je suis curieux de savoir si lord Frederic lui a rappelé notre rencontre. Elle est mariée. Je suis persuadé que je ne me remarierai pas.

Ce 2 mai 1785.

En reprenant ce cahier, si longtemps interrompu, j'ai jeté les yeux sur mes dernières pages. Je vois que j'étais occupé d'un objet dont il était assez inutile de vous entretenir. Je ne veux cependant rien retrancher, ni rien effacer. Si c'est un malheur d'avoir une belle-mère, vous verrez avec quelqu'intérêt ce qui a détourné jusqu'ici ce malheur de vous, et l'en détournera vraisemblablement toujours. Je vous suis allé voir plusieurs fois, et plus souvent j'y ai envoyé Ralph. Rien ne vous a manqué. Vos cinq premières années ont été heureuses. Vous ne connaissez que trois ou quatre lettres de l'alphabet, mais qu'importe! Il m'en coûte de vous arracher à vos protecteurs, à vos camarades, à votre riant quoiqu'agreste berceau. Une proche parente de ma mère, femme âgée et respectable, me mande à Paris, auprès d'elle, et me prie de vous mener avec moi. Il ne m'est pas permis de désobéir. Ma mère fut élevée par cette femme. Je vous envoie chercher.

Ce 10 mai.

Votre départ de Lone Banck y a fait verser bien des larmes, et vous, vous pleuriez de telle sorte

qu'après avoir fait une demi-lieue de chemin avec
vous, Ralph, attendri et embarrassé, vous a proposé d'emmener un des enfants de Sara. À ces
mots vous l'avez embrassé et avez cessé de pleurer. — Lequel aimez-vous le mieux? a demandé
Ralph. — Tous trois. — Nous ne pouvons les
emmener tous trois, et leurs parents ne voudraient
pas rester seuls. — Emmenons-les aussi. — Cela
ne se peut pas. Vous étiez près d'une ferme dont
Ralph connaissait la fermière. Il y est entré avec
vous, espérant vous distraire et vous faire oublier
sa proposition; mais quand vous avez vu qu'il
n'en parlait plus, vous vous êtes remis à pleurer.
— Il faut donc choisir, vous a dit Ralph, et,
voyant que vous ne pouviez vous y résoudre, j'irai,
a-t-il dit, et les parents donneront celui qu'ils vou-
dront. Vous avez paru content et vous êtes mis à
jouer avec la fille de la fermière, enfant de votre
âge. Au silence qui régnait, Ralph en s'approchant
de la maison de Sara a cru qu'il n'y avait personne.
Cependant il est entré. Les trois enfants étaient
autour d'une table, sur laquelle on avait laissé le
déjeuner. L'aîné avait ses deux coudes et ses deux
bras sur la table, et la tête appuyée sur ses mains.
Harry caressait le gros chien d'un air distrait et
triste. Le petit Tom seul mangeait sa tartine. —
Où est master William? dit-il à Ralph. — Chez
Mary Worth. — Je voudrais parler à vos parents.

John a fait signe qu'ils étaient au jardin. Ralph y est allé et les a vus assis sur un banc : Sara pleurait ; son mari lui disait : — je l'aimais autant que mes fils et je le regrette beaucoup. Ralph s'est présenté et a déclaré l'objet de sa venue. Sara aussitôt s'est levée et a pris le chemin de la maison, son mari et Ralph la suivaient. En entrant Sara a dit : — Master William désire d'emmener un de vous. John, vous êtes l'aîné, voulez-vous aller ? — J'irai, a dit John. J'étais accoutumé à faire bien des choses pour lui, et déjà je me disais : pourquoi le laissons-nous aller ainsi seul ? — Permettez-vous, mon mari, qu'il aille ? a dit Sara. — J'en serai charmé, a répondu son mari. Alors John a dit à Harry : — Vous êtes l'aîné après moi ; mes habits, mon catéchisme, ma brouette, mon arrosoir doivent être à vous, je n'emporte que mon bâton, mais ayez soin de mon merle, qu'il ne manque jamais de chenevis [1], ni d'eau fraîche, ni même de séneçon [2] quand vous en pourrez avoir : et, après avoir embrassé son père, sa mère et ses deux frères, il est parti avec Ralph. Vous les attendiez sur le chemin. Ralph a fait donner un verre de lait à John ainsi qu'à vous ; il a payé et remercié Mary Worth, puis vous vous êtes tous trois remis en

1. Graines de chanvre dont se nourrissent les oiseaux.
2. Herbacée à fleurs jaunes.

route. Mary Worth, en vous voyant aller avec John, a dit : — Dieu bénisse ces enfants! À Glasgow vous avez trouvé ma voiture et vous êtes arrivé ici hier au soir.

Ce 12 mai.

Vous n'êtes guère occupé que de John. Je vous laisse en repos : les questions vous importunent. John regarde et écoute beaucoup plus que vous. Est-ce parce qu'il a trois ou quatre ans de plus? ou serait-il organisé de sorte à être toute sa vie un meilleur observateur? Comme il sait lire, il feuillette tout ce qu'il trouve : le Calendrier de la Cour, la Gazette, Pope, Parnell, Hume[1]. Quelle étrange et confuse impression il doit recevoir! Le voyant dans une sorte de perplexité, je lui ai dit de la Gazette : cela est arrivé récemment; de Hume : cela anciennement. — Et cela? m'a-t-il dit, en montrant un poète. — Ce sont des fables. — Ah, oui! j'ai une vieille tante qui nous en raconte quelquefois. Elle nous fait rire et pleurer,

1. Alexander Pope (1688-1744), poète et essayiste anglais dont la verve satirique s'associe à celle de Swift; Thomas Parnell (1679-1718), poète et critique d'origine irlandaise, ami de Swift et de Pope; David Hume (1711-1776), philosophe écossais, auteur de nombreux ouvrages. Son œuvre eut un retentissement considérable dans l'Europe des Lumières. Isabelle de Charrière l'avait rencontré à Londres en 1767.

et ma mère hausse les épaules, et dit : — Sots enfants! il n'y a pas à tout cela un mot de vrai : mon père écoute et quelquefois il s'endort. On fait vos habits. Le tailleur a demandé à John de quelle couleur il voulait le sien. — Gris, comme celui de mon père. — Et vous, vous a-t-on dit, voulez-vous aussi être habillé comme votre père? — Non, comme John. John a beaucoup de complaisance pour vous, mais vous avez de la considération pour lui. Vous paraissez voir en lui tout ce qui vous reste de vos anciens appuis. Nous avons contracté, vis-à-vis de John, des obligations pour la vie.

Ce 14 mai.

J'ai écrit à lord C. que s'il croyait que sa femme nous reçût bien, je passerais par Thorn Hill; mais que si j'avais à craindre des sarcasmes sur votre accent et vos manières, je le priais de se trouver à Warwick, où je compte arriver dans trois jours, et que là je lui dirais adieu. Nous partons demain; nous irons à petites journées. Je ne crains pas de vous fatiguer, mais de vous étourdir. Je laisse ici toute chose sous la surveillance de l'ancienne femme de chambre de votre mère. Mes fermiers lui rendront leurs comptes. Je le leur ai dit; aucun d'eux n'en a fait la moindre difficulté; ils la connaissent et la respectent. Quand une femme a de la capacité, il faut le reconnaître et en tirer parti. Plus exacte que la plupart des hommes dans les choses de détail par où elle a commencé, celle-ci a, peu à peu, étendu sa sphère et *fait* mieux qu'un homme ce qu'elle *sait* aussi bien. Les circonstances faisant connaître les femmes, les mettent enfin à leur place, au lieu que les hommes sont destinés avant d'être connus, puis nommés à des places pour lesquelles bien souvent ils ne valent rien. J'aime ces suppléants qui, sourdement, sans bruit, sans gloire, font la besogne du fonctionnaire en titre, mais ne le débusquent pas. Ceci, mon fils, me rappelle une petite histoire qui m'a fort amusé quand on me l'a faite. Pourquoi ne me flatterais-je pas qu'elle vous amusera aussi ? Feu la duchesse de Northumberland avait dans une de ses maisons de campagne une race de chats fort beaux, qu'elle faisait nourrir avec grand soin. Après une assez longue absence elle revient dans cette maison, et voit avec plaisir cette famille accrue et florissante ; elle caresse et admire, mais au bout d'un jour ou deux elle aperçoit un chat d'une autre race, fort maigre. — Que fait ici ce vilain animal ? dit-elle avec indignation. — Il prend des souris, lui répondit-on. Les chats de votre grâce lui laissent toutes les souris à prendre. J'avais un homme d'affaire et un maître d'hôtel dont Betty a fait longtemps toute la besogne. Supposé, William, que vous vous mariez et que votre femme vous gouverne, je dirai : il n'y a pas de mal, car si elle n'est pas une femme d'un grand sens, mon fils est un sot. Soumis sans être subjugué, j'ai été dans un cas unique.

Ce 18 mai, à Thorn Hill.

Lord C. m'attendait sur la route. Il m'a engagé à venir ici avec lui. Sa femme nous a très bien reçus : elle vous caresse et vous admire. — Je ne blâme pas, m'a-t-elle dit, qu'on laisse un enfant se bien développer, se faire une manière d'être bien à soi, exempte de préjugés, ne se fiant aux décisions de personne. C'est au sortir de l'enfance qu'il faut qu'il apprenne à respecter l'opinion, cette reine du monde. Oh oui ! c'est alors qu'il devra courber son esprit sous le joug de l'opinion et des bienséances. — Peut-être, ma chère, a dit lord C., ne vous trompez-vous qu'en ce que c'est précisément le contraire. Vous demandez de l'homme ce qui convient à l'enfant. — Je vous assure, a repris lady C. comme si on l'avait applaudie, que jusqu'à quatorze ou quinze ans ma nièce a toujours été encouragée à ne voir que par ses propres yeux, à ne céder qu'à la conviction. Quand elle en eut à peu près seize, je lui dis : — Il faut désormais parler, marcher, s'habiller, vivre, en un mot, et penser comme tout le monde, et ne point vous singulariser, ce qui ne fait que rendre ridicule et attirer des ennemis. Vous savez tous deux que ma nièce était citée comme un exemple par toutes les mères. Ah ! faut-il que cette plante, ainsi cultivée, ait été moissonnée sitôt par la cruelle mort ? — Taisons-nous, m'a dit lord C., en jetant sur moi un regard très significatif. Ceci devient trop triste, ma chère. Parlons d'autre chose.

Ce 19 mai.

Pendant le dîner, le vieux chapitre des droits méconnus des femmes a été agité ; et tous les lieux communs les plus usés ont reparu. Enfin, lord C. a dit : — Vous ne parlez pas, ma chère, d'une prérogative que toute notre tyrannie n'a pu vous enlever. On gémit, mais on la supporte ; vous m'entendez sans doute : la parole vous est laissée. Vous prenez la parole et la gardez ; le torrent roule et submerge ; on est si sûr de ne pouvoir l'arrêter, qu'on ne le tente pas même. On vous laisse parler incessamment. N'est-ce pas là une indemnité suffisante pour toutes nos usurpations ? Elle me paraît si précieuse aux femmes, qu'à mon gré elle compense tout et leur ôte le droit de se plaindre. Je dis ceci d'après mes plus sérieuses réflexions ; mais, pour parler plus sérieusement encore et pour en finir (s'il se peut), je conviendrai avec vous, qu'à vue de pays il y a autant de femmes sensées que d'hommes sensés, et qu'on pourrait admettre dans la chambre des communes et dans celle des pairs autant de femmes que d'hommes, sans que la nation en souffrît visiblement. Une femme raisonnable sur cent, ce serait à peu près la même proportion que parmi nous ; mais nous avons assez d'hommes pour les deux chambres. C'est de soldats et de matelots que nous manquons quelquefois : approuveriez-vous qu'au lieu de recourir à la presse on enrôlât des femmes, et vous, qui êtes une femme de qualité, voudriez-vous passer rapidement par les grades inférieurs, puis être fait capitaine d'un vaisseau de ligne ? — Milord, si nous parlons éternellement, vous plaisantez sans cesse. — Je ne plaisante point. Veut-on que les femmes soient de tout, qu'on le dise. Qu'un même habit soit donné à tout le genre humain, qu'il n'y ait plus en apparence qu'un sexe : que les femmes concourent à tous nos exercices, que leurs privilèges et leurs titres d'exclusion, leurs grâces et leur insignifiance disparaissent ; qu'elles soient, ainsi que nous, médecins, apothicaires, avocats, magistrats, guerriers. — Mais s'il y a quelque avantage à ce que, parmi nous comme parmi la plupart des animaux, les fonctions des deux sexes soient distinctes, laissons les choses comme elles sont ; que l'homme soit garde côte, et la femme garde malade ; que l'homme prenne le poisson, et que la femme le cuise. Quand des talents distingués et rares mériteront des distinctions éclatantes, ils sauront bien les obtenir. — Vous voyez, m'a dit lord C. quand nous avons été seuls! Ah! pourquoi l'ennui n'est-il pas admis par les lois comme une cause suffisante de divorce? Mon ami, l'ennui a fait tous mes travers, et tout ce qu'on appelle si sévèrement mes vices. Sans quelques violations de la foi conjugale que serais-je devenu! Mais je commence à m'ennuyer autant des femmes d'autrui que de la mienne, et, quant à ces créatures abjectes qui ne font seulement pas semblant de penser, elles ne fournissent dans leur société dégoûtante, que dis-je, elles ne font pas même espérer le moindre amusement. Voilà ce qui les distingue de nos dames, qui, par la musique de leurs paroles, font croire qu'on y trouvera quelque sens. J'ai deux petits garçons de dix et de treize ans, mais il s'en faut de beaucoup qu'ils n'aient la vigueur qu'annoncent vos petits compagnons de voyage. Remarquez bien ceci, William. Un mariage désassorti, pour l'esprit seulement, sert de motif ou du moins de prétexte à un désordre de mœurs qui mène à sa suite l'ennui, le chagrin, le dégoût. Lord C. n'a trouvé qu'une aggravation à des maux auxquels il cherchait des compensations. Évitez-les, William, ou cherchez-y d'autres remèdes.

Ce 20 mai.

Hier lady C., croyant avoir en réserve une foule de bonnes choses sur le chapitre traité la veille, a voulu le recommencer. Aussitôt lord C. a fait semblant de s'arranger pour dormir. — Pardon, sir Walter, m'a-t-il dit. Je cède de bonne grâce à un narcotique auquel il me serait impossible de résister. Hier je m'en défendis en raisonnant comme un sot, sans but, sans espoir de produire le moindre effet. Aujourd'hui je ne puis ni ne veux en faire autant. Vous me réveillerez quand milady aura fini. Lady C., comme vous le croyez bien, s'est mise en colère. — Eh bien! Madame, lui ai-je dit, ne prodiguez pas vos arguments à un homme qui ne les entendra pas, puisqu'il s'endort, ni à un autre homme qui n'en a pas besoin, puisqu'il est entièrement de votre avis. Je reconnais le besoin que nous avons de la capacité des femmes. J'ai laissé une femme à la tête de ma maison et de toutes mes possessions à Ivy Hall. À son occasion je me suis rappelé une vieille histoire avec laquelle j'achèverai d'endormir milord. Il vous sera aisé d'en faire l'application et de voir quel rôle je voudrais que les femmes jouassent parmi nous. Là-dessus j'ai raconté les chats de la duchesse de Northumberland. — Quoi! s'est écriée lady C., vous voudriez que, dans une maison ou dans la société, on dît d'une femme comme de ce vilain chat : que fait-elle ici? — Oui, Madame, et je trouverais cela fort glorieux, pourvu que l'on pût répondre : Elle fait tout ce que les autres devraient faire. — Oh vraiment, voilà un rôle bien désirable! Mais sans doute vous plaisantez. — Si peu, Madame, que si jamais j'écris un roman, je veux que l'héroïne, peinte d'après cette idée, soit l'âme invisible de tout ce qui l'entourera. Nécessaire à chacun, elle s'ignorera elle-même : personne ne saura ce qu'elle est, ce qu'elle fait, ce qu'elle vaut. — Et qu'y gagnera-t-elle donc? a dit milady. — Indiscret, qui m'empêchez de dormir, s'est écrié milord, taisez-vous et dormez. Dans ce récit, mon fils, j'ai plus pensé à m'amuser qu'à vous être utile. Tâchez pourtant d'en tirer quelque profit. Je quitterai demain avec plaisir deux personnes si diverses et liées sans être unies.

Ce 10 juin, à Saint-Cloud.

Notre voyage a été heureux et agréable. John a eu de grands soins de vous, et nous a sauvé les inquiétudes que nous aurions pu avoir, Ralph et moi. J'ai trouvé en Mme Melvil une femme pleine de sens, d'esprit et de politesse. Elle nous a donné un appartement fort gai dans une jolie maison qu'elle a louée ici pour la belle saison. Sa femme de chambre ayant une fille d'environ vingt ans, Mme Melvil a dit à la mère dès le lendemain de notre arrivée : — Votre fille, Madame Gros, me suffit dans ce moment pour mon service ; ayez soin de nos Anglais, et surtout du petit William. Au bout de quelques jours Mme Melvil m'a dit : — Outre le plaisir que j'attendais de votre société, plaisir dont, vieille et faible comme je suis, j'avais grand besoin, je désirais de vous connaître, pour juger s'il serait raisonnable de faire un testament en faveur de votre fils ; mais c'est une peine que je ne me donnerai pas. Vous hériterez de moi, comme fils unique de mon unique parente. Dans aucun cas, votre fils ne peut se mal trouver de dépendre de vous, car je vois que vous êtes judicieux, généreux, et en particulier très bon père. J'ai témoigné que j'étais flatté de cette opinion, et n'ai rien répondu relativement au testament. Si elle vous eût légué son bien, elle ne m'eût point fait de peine, et la pensée qu'elle en a eue pourra en temps et lieu influer sur moi. Une demi-volonté de cette nature ne doit pas rester sans aucun effet.

Ce 26 juin.

Mme Gros a beaucoup de soin de vous, et vous façonne déjà un peu à la politesse française. Il faut la laisser faire. — Fi donc, Monsieur, vous êtes malpropre. Vous parlez trop haut. Vous oubliez de saluer. Vous mangez votre goûter sans rien offrir à personne. Cela ne peut se souffrir chez un jeune homme de votre état. À la bonne heure. Quel meilleur argument y a-t-il à employer pour des choses de cette nature ? Il est bon d'apprendre dès l'enfance à être poli ; on l'est toute sa vie avec plus d'aisance et de grâce ; mais, ce qui me touche davantage, vous apprenez à parler français avec l'accent français, et non comme moi, qu'on appelle milord dans les boutiques de Paris, et qu'on surfait[1] indignement. Vous dites déjà le plus joliment du monde : — Je me réjouis, Monsieur, de vous voir en bonne santé. Je suis fâché, Madame, que vous ayez mal à la tête. John nomme toutes les choses dont il a besoin. À propos de John, j'ai cru l'autre jour lui voir un peu de tristesse, et vous observant tous à table comme vous dîniez avec lui, Mme Gros, sa fille et Ralph, j'ai vu que toutes les attentions étaient pour vous. Après dîner je vous ai envoyé avec Mlle Fanchette auprès de Mme Melvil, et j'ai dit en présence de John à Mme Gros : — Je vous supplie, Madame, de traiter mieux encore John que William. Pour l'amour de William, John a quitté d'excellents parents ; il est ici par choix, par amitié. S'il croyait qu'on le néglige, et s'il avait de l'ennui, je le renverrais en Écosse : mon fils voudrait le suivre, et

---

1. Surfaire : « demander plus qu'il ne faut d'une chose qui est à vendre » (*Dictionnaire de l'Académie*).

je ne le retiendrais pas. Tout ceci me ferait d'autant plus de peine que Mme Melvil aime à voir William, qui d'ailleurs est trop heureux de recevor vos soins et vos avis. Il ne saurait être en de meilleures mains. Vous et mon ami Ralph, vous êtes tout ce que je puis souhaiter de mieux pour les directions et l'exemple. — Monsieur le chevalier est trop bon, a dit Mme Gros. Il est bien vrai que ce petit Écossais est un fort aimable enfant, dont on fera sûrement quelque chose. Je ne demande pas mieux, Monsieur, que de le traiter comme s'il était aussi votre fils. John là-dessus lui est allé secouer la main, et m'a jeté un coup d'œil où l'attendrissement et la reconnaissance se peignaient. Me voilà fort à mon aise. Ne laissez pas vos enfants avec des valets, disent les endoctrineurs. Sotte et arrogante recommandation ! Dites-moi, pédants, orgueilleux, si vous exigez que le père emmaillote son enfant, l'habille, et s'il est malade le veille, le serve, le soigne seul ? Ou bien voulez-vous qu'après avoir obtenu d'un étranger les plus essentiels, les plus pénibles, les plus dégoûtants services, on le repousse et lui interdise tous les autres soins ? Voulez-vous lui dérober le prix d'amour et de reconnaissance que l'enfant est disposé à lui accorder ? Voulez-vous rendre celui-ci dur, vain, ingrat, et dispenser l'autre d'être honnête, en vous montrant convaincu qu'il ne saurait l'être, et qu'on ne doit attendre de lui que des conseils et des exemples pernicieux ? Oh ! dites plutôt aux pères : choisissez bien vos valets, et ils seront plus utiles à votre enfant qu'un précepteur qu'on prendra sur parole, ou des maîtres de pension, gens blasés pour la plupart, ennuyés, rassasiés, las d'enfants et d'instruction, qui, après s'être voués à un pénible métier par besoin, n'y emploient bientôt plus qu'une stupide routine.

Le premier dimanche de juillet.

Le temps est superbe. Vous revenez de voir jouer les eaux. Vous êtes un peu étourdi de ce beau spectacle et de la foule qu'il attirait ; mais Ralph est plus désorienté encore que vous. — Qu'est-ce qu'il a vu ? — Que peut-il être arrivé ? — J'ai posé ma plume. — J'ai regardé Ralph. — Vous êtes pâle, Ralph. — Vous me semblez ému. Ces enfants-là ont-ils couru quelque danger. — Non, Monsieur, mais c'est que je l'aie vue. — Qui ? — Avec lord Frederic. Dieu ! qu'elle est belle ! Et elle a dit en montrant William : — Voyez cet enfant, Milord. Il me rappelle des traits, un regard que j'ai vus je ne sais où. Milord nous a regardés, et, me reconnaissant, il a changé de couleur. Aussitôt il a emmené la dame d'un autre côté ; mais revenant sur ses pas il a dit à un laquais : — Restez, et quand ces enfants quitteront le jardin, suivez-les et voyez où on les mène. Il y avait avec la dame une bonne, ou nourrice, qui tenait par la main une charmante petite fille. — Cette dame, Ralph… Cette dame est la fille du duc de *. Si mon frère avait vécu il l'aurait épousée. Elle est la femme de lord Frederic. Ralph a paru surpris, n'a rien dit et m'a quitté.

Le soir.

Lord Frederic m'est venu voir. Il a eu de la joie et de l'embarras. — J'ai loué, m'a-t-il dit, une terre à trois lieues d'ici. Je vous conjure d'y venir. J'ai hésité à lui répondre. — Je ne crois pas que vous risquiez rien, a-t-il repris. Vous aurez de l'admiration et ce sera tout, à ce que je présume. Quant à elle, je ne sais ce qu'elle éprouvera, car elle ne vous a pas oublié, et vous êtes un homme qu'on peut aimer plutôt que vous n'êtes un Dieu qu'on adore ; mais je ne puis me priver de vous, non pas même pour l'amour d'elle. Personne ne vous a remplacé dans mon cœur. J'ai faim et soif de vous voir. Cette visite m'a mis dans un état étrange et indéfinissable. Ils dormaient, ces sentiments que je croyais morts, ils dormaient… On les réveille.

Ce 12 juillet.

Mme Melvil me voyant l'air préoccupé m'a demandé à quoi je rêvais. Je lui ai raconté mon histoire, non pas en deux mots : j'ai quitté et repris trois fois mon récit. J'ai raconté mon père, mes études, lord Frederic, l'inconnue, mon mariage, et enfin la rencontre du parc et la visite qui l'a suivie. Mme Melvil connaît lady Mary ; c'est chez elle, à Paris, que mon frère l'a vue pour la première fois. Elle veut que j'aille chez lord Frederic.

— Un ancien ami, disait-elle, mérite bien cela de votre part. S'il vous croyait fâché contre lui, il serait malheureux ; puis il ne sied pas à un homme d'être excessivement craintif. Mais actuellement que craindriez-vous ? Vos illusions vous obsèdent. Peut-être se dissiperont-elles. Elles ne naîtront pas... vous ne risquez rien. Allez, restez quelques jours. Nous aurons soin de William.

Ce 10 août.

Il ne servirait de rien, mon cher William, de vous détailler comment j'ai passé mon temps à Beaupré, chez lord Frederic. Sa fille sera-t-elle un jour ma belle-fille ? En la regardant je l'ai souhaité mille fois. Elle est belle quoiqu'elle ne ressemble pas à sa mère. Elle est vive et passionnée comme son père. Il lui dit un jour, la voyant fort en colère : — Fi donc, Honoria ! Fi, que vous êtes laide ! que votre voix est aigre ! oh que l'emportement sied mal à une fille ! Regardez votre mère. Pour être agréable comme elle, il faut avoir sa douceur et sa sérénité. — Je vous remercie, Milord, a dit lady Mary ; mais si c'est comme cela que vous raisonnez avec elle, ne trouvez pas mauvais qu'elle consulte son miroir pour sa toilette, et qu'elle déchire, comme elle fit hier, un bonnet qui ne lui sied pas bien. Lady Mary avait raison. Aviver et éteindre tour à tour la vanité, s'en servir et la repousser, vouloir que l'on compte tantôt pour beaucoup l'impression que l'on fait sur les autres, tantôt qu'on l'oublie, la néglige, la méprise, c'est une contradiction absurde. Les instructions morales sont malheureusement trop pleines de contradictions et de confusion. On y emploie le vert et le sec, on met en avant des arguments que l'on retire ensuite comme s'ils pouvaient cesser d'être justes au moment où l'on s'imagine qu'ils peuvent devenir dangereux. Ce sont des armes de toutes les fabriques dont le moraliste se sert tant qu'elles lui conviennent, mais il les réprouve et veut les briser dès qu'il voit d'autres s'en saisir et en faire un usage auquel il ne les avait pas destinées. Je commence à être assez las de raisonnements moraux, politiques et autres. Dans toutes les questions, le pour et le contre se peuvent soutenir. C'est un labyrinthe où je me perds, que les pensées des hommes.

Ce 30 août.

Mme Gros vous invitait à apprendre à lire. Les mêmes arguments étaient employés que lorsqu'il s'agit de vous laver les mains ou de tirer votre chapeau. Mais la chose était sans doute plus contraire à votre goût, car vous faisiez la sourde oreille. Enfin on a essayé de vous rendre jaloux de John. — John Lee saura lire, vous a-t-on dit, et William Finch ne le saura pas. Voilà qui sera beau! — Eh bien John Lee lira pour William Finch. — Vous l'aviez dit en anglais. Je suis arrivé par hasard et l'ai traduit. Mme Gros était surprise que je prisse aussi peu d'intérêt à la chose. Dans le fait je n'étais occupé que de votre réponse que je trouvais fort plaisante. Elle est neuve en ce qu'elle est explicite; mais de tout temps, les princes, les grands semblent l'avoir faite. — *John Lee lira pour William Finch*, répétais-je en vous caressant. — Vous trouvez donc cela bien beau, m'a dit Mme Gros un peu courroucée. Mme Gros n'aurait pas entendu ma réponse, je n'en fis point. — Écoutez, mon ami, vous ai-je dit, je n'ose décider s'il est absolument nécessaire de savoir lire; mais si vous voulez savoir lire un jour il faut tout de suite vous mettre à l'apprendre. — Je ne veux jamais l'apprendre, m'avez-vous répondu; cela est trop ennuyeux et trop difficile. Il a fallu battre et gronder John et Harry pour leur apprendre à lire. — Je crains, vous ai-je dit, que vous ne vous repentiez de votre refus. — Oh non, n'ayez pas peur, Monsieur; non, jamais, jamais! — Mais si l'on vous promettait de ne point vous battre. — Ce serait quelque chose ; mais me promettra-t-on aussi de ne me faire lire que quand il pleuvra, et de me laisser courir dans le parc toutes les fois qu'il fera beau temps ? — Cela ne serait pas bien. Ce que vous auriez appris un jour s'oublierait le jour suivant, et vos maîtres s'ennuieraient autant que vous de cette manière d'instruction. — Tant mieux, ils me laisseraient là. — Non, à tous égards ce serait tant pis. L'habitude de la régularité est nécessaire. Il en faut en tout. Que diriez-vous si la cuisinière ne faisait pas tous les jours votre dîner, si le palefrenier ne pansait pas tous les jours mon cheval ? Mais on peut bien faire votre leçon plus courte dans un beau jour que dans un jour pluvieux. — Oh ! toujours, toujours courtes. — Voulez-vous, au lieu de vous en rapporter à nous, demander pendant trois jours à tous ceux que vous rencontrerez, s'ils savent lire, puis s'ils sont bien aise ou fâchés les uns de savoir, les autres de ne savoir pas lire ? — Je le veux bien avez-vous répondu. John a dit : — Je sais écrire pour marquer les réponses sur une feuille de papier. Oui, non, fâché, bien aise. Nous relirons cela, nous compterons, nous saurons ce que les gens (*grown people* [1]) en pensent, et vous vous déci-

1. Les adultes.

70

derez. — Mais au fond qu'est-ce que ces gens bien aise ou fâchés me font à moi ? avez-vous dit avec humeur. J'étais embarrassé. Mme Gros ne comprenait rien à aucun de nous. Enfin vous avez cédé, et hier, après que John et Ralph ont compté les voix et fait le dépouillement nécessaire, vous avez consenti en pleurant à ce qu'on voulait. Mme Gros vous montrera en français, Ralph et John en anglais. Cet appel au public qu'on a fait pendant trois jours, a donné lieu à des scènes fort plaisantes. Personne n'est convenu de ne savoir pas lire, presque personne n'a su pourquoi il était bien aise de savoir lire. Deux jeunes hommes ont dit en être fâchés, et c'étaient peut-être les seuls qui sussent tout de bon lire. L'un a dit que l'étude lui avait presque fait perdre l'esprit. L'autre qu'il venait de recevoir une lettre désolante de sa maîtresse. Mais que pouvaient deux opinions motivées contre cinquante qui ne l'étaient pas ? John s'était chargé de compter, non de peser les suffrages.

Ce 5 novembre.

Nous sommes à Paris. Tout va bien, excepté que l'air de la ville, et l'hiver sont contraires à la faible santé de Mme Melvil. Elle pense que je ne m'en trouve pas trop bien non plus, et m'exhorte à aller passer quelque temps chez lord Frederic. Sa maison est agréable et élégante. Un grand-oncle lui a laissé de la fortune, et il s'en est trouvé plus libre dans le choix d'une compagne ; mais la duchesse sa mère ne l'entendait pas comme cela. Entre des mains habiles, dit-elle, l'argent est un aimant pour l'argent. Insensible aux charmes de sa belle-fille, étrangère aux vives et délicates sensations de son fils, elle a fait prendre à celui-ci le parti de vivre loin d'elle. Jamais, William, vous n'en serez réduit là. Si vous me donniez une bru qui me fût extrêmement désagréable, c'est moi qui passerais la mer.

Ce 20 décembre.

Vous commencez à lire assez passablement, mais non encore à comprendre à quoi cela peut servir. Vous êtes joli et aimable. Vous avez des reparties justes et qui nous semblent fines, mais vous êtes paresseux. Votre maître de danse est pourtant très content de vous. Le mouvement du corps dispense de celui de l'esprit. John n'a pas voulu apprendre à danser, ni même assister à votre leçon. — Cela serait bon, dit-il, si l'on voulait danser sur un théâtre et gagner sa vie à cela. En revanche il m'a prié de lui donner un maître de dessin ; mais dès qu'il a pu faire des lignes bien droites, des carrés, des ronds, des ovales, il a songé à appliquer le dessin à l'art de bâtir, et je crois qu'il sera architecte. Il ne voit aucune jolie maison qu'il ne voulût la dessiner ; il prend même des mesures : il a inventé de faire une échelle. Ceci m'a paru un acte de génie. — Vous ne voulez pas dessiner des têtes, lui ai-je dit ? — Non, cela ne serait bon à rien, mais je voudrais pouvoir bâtir quelque jour une jolie maison et une étable à Lone Banck. Quelques leçons de géométrie, de perspective lui feraient grand bien. Je les lui donnerai. Vous faites assez communément ce que vous voyez faire à John. Je serais charmé que vous devinssiez architecte, mais Ivy Hall est tout bâti ; d'ailleurs vous n'y avez pas passé vos premières années comme John à Lone Banck. Un stimulant qui vous manque, donne au premier goût de John une énergie que vos goûts n'auront peut-être jamais, et il peut résulter de là une différence de caractère pour vous deux, qui subsistera toujours. Vous serez aussi toute votre vie plus dépendant que lui. On a plus fait pour vous. Mais je ne pense pas que vous soyez ingrat ou léger. La famille de Sara Lee a concentré cinq ans de suite vos affections. Quoique vous ne vous montriez point insensible à mes soins ni à ceux de Mme Gros et de Ralph, vous regardez John d'un tout autre œil ; c'est de lui que vous espérez. Quand il vous quitte, vos regards le suivent et sollicitent son prompt retour. Quand il revient, vous volez à sa rencontre. C'est même à ses yeux que vous voudriez briller un peu ; et quand votre leçon de lecture est bien allée, vous voulez qu'il le sache. Vous êtes presque honteux de danser parce qu'il méprise la danse ; et depuis qu'il a regardé avec un sourire dédaigneux l'habit neuf que Mme Gros a obtenu qu'on fît pour vous, elle n'a pu vous engager à le mettre. Cependant vous trouvez des biais pour vos refus, vous accordez des compensations, et il en résulte une contrainte, une habitude de ménagements, qui constitue la délicatesse *des procédés* de la classe polie et raffinée de la société. À cet égard, vous vous trouverez à votre place, ou, pour mieux dire, vous vous serez rendu propre à votre place.

Ce 1er mai 1786.

J'ai passé une grande partie de l'hiver chez lord Frederic. Nous retournons demain à Saint-Cloud. Vous aurez tout à l'heure six ans. John en a près de dix. On ne saurait voir de plus aimables enfants que vous.

Ce 6 juin.

John voyant qu'on démolit et qu'on bâtit au château, m'a prié de permettre qu'il y allât travailler. — Mais que pourrez-vous faire ? — Porter du sable, tortiller et détortiller le cordeau. Je verrai tailler la pierre, faire le mortier et le ciment, se servir de l'équerre, prendre l'aplomb. Surpris de lui entendre prononcer tous ces mots, j'ai applaudi et consenti ; mais vous voulez en être et vous êtes encore si petit ! Je crains qu'une pierre ne vous écrase. Ralph m'a promis de veiller si bien sur vous qu'il ne vous arriverait rien de fâcheux. — Nous regarderons de loin, a-t-il dit. J'ai acheté un dictionnaire d'architecture ; nous apprendrons, William et moi, les termes de l'art, tandis que John l'exercera. J'ai souri de ce partage. Oui, William Finch parlera, brillera dans la conversation. John Lee saura faire. J'ai consenti. Mme Melvil était présente. On peut appeler William, m'a-t-elle dit, l'enfant et l'élève de l'occasion. Vous ne démentez pas un instant votre humeur. Vous vous êtes marié parce qu'on avait mis votre femme sur votre chemin : vous faites pour votre fils ce qui se présente. Trop modeste pour former un plan, trop irrésolu pour prendre seul un parti, vous vous contentez de juger de l'occasion et d'en profiter si elle est bonne, sans vous laisser entraîner par elle quand elle vous mènerait mal. — Serait-il vrai ? ai-je dit. — Pensez-y vous-même, rappelez-vous votre histoire. Que nous nous connaissons tard, mon cher William ! Il faut, avec un heureux hasard, un ami pénétrant et sincère pour nous montrer à nos propres yeux, et tandis que chacun nous voit, nous nous ignorons.

Ce 12 juin.

Je me suis avisé d'écrire à lord Frederic ce que m'avait dit de moi Mme Melvil. — Ne le saviez-vous pas ? m'a-t-il répondu.

Ce 1er juillet.

Je doute, mon cher William, que jamais vous soyez aussi heureux que dans ce moment-ci. C'est vous qui jouissez d'un des plus beaux lieux du monde, et non la reine de France, qui l'a acheté si cher, et qui, paraissant si désireuse d'en jouir, le bouleverse. Je vois partout : *De par la reine*[1]. Quel délire, et que les grands sont à plaindre ! Mais vous, William, sans que rien vous appartienne, vous jouissez ; vous vous amusez, vous vous êtes fait l'ami des maçons, des charpentiers, des moindres manœuvres et des poissons de cet étang qu'on détruira sans doute aussi. Ô malheureux petits poissons rouges ! colonie amenée de si loin, que deviendrez-vous ? Loin de fuir quand William

1. Louis XVI avait acheté le château de Saint-Cloud pour Marie-Antoinette en 1784. Cette dernière ordonna aussitôt de coûteux travaux de rénovation portant son ordre.

vous apporte du pain, vous vous rassemblez et venez en troupe au-devant du bienfait. Heureux âge que le vôtre, ô William! quand les pédants ne s'en emparent pas. John n'a pas plus de soucis que vous, quoiqu'il ait plus d'intention. Il m'a mené hier devant la façade du château. — Cela n'est pas bien beau, je crois, m'a-t-il dit, et c'est un peu délabré; mais je vais vous mener de l'autre côté, qui est neuf. Voyez les fenêtres! ne sont-elles pas trop hautes pour leur largeur? Un Monsieur qui était là a fait des explications, lui a parlé de corridors, de dégagements, d'entre-sols. John, sans répondre, a secoué la tête, et quand nous avons été seuls, il m'a dit : — Elles sont trop hautes pour leur largeur. Il sera architecte. Aujourd'hui on a parlé en votre présence de l'*Émile* de Rousseau, d'Émile menuisier[1]. Du conseil que donne Rousseau, de sa prophétie[2]. — Me ferez-vous

1. Dans le livre III d'*Émile ou De l'éducation* (1762), Rousseau recommande ce métier à son élève : «Il est propre, il est utile, il peut s'exercer dans la maison; il tient le corps en haleine, il exige dans l'ouvrier de l'adresse et de l'industrie».
2. «Dans la société, note Rousseau dans le même passage, où [l'homme] vit nécessairement aux dépens des autres, il leur doit en travail le prix de son entretien; cela est sans exception. Travailler est donc un devoir indispensable à l'homme social. [...] tout citoyen oisif est un fripon.» Il ajoute : «Nous approchons de l'état de crise et du siècle des révolutions. [...] Heureux celui qui sait quitter alors l'état qui le quitte, et rester homme en dépit du sort!»

apprendre le métier de menuisier, m'avez-vous dit? — Non, mon cher William. — Pourquoi? — Parce que je ne veux pas vous confier à un menuisier, à ses ouvriers, à ses apprentis; vous deviendriez avec eux trop différent de ce que vous devez être dans le métier d'homme opulent auquel vous paraissez destiné. Ralph et moi nous pourrions à la rigueur diminuer cet inconvénient en ne vous perdant pas de vue; mais il serait trop ennuyeux pour nous de rester dans un atelier à voir faire des armoires et des tables. — Cependant, Monsieur, m'a dit un jeune philosophe fort élégant, si la fortune enlevait à Monsieur votre fils ce qu'elle lui donne ou lui promet... — Alors comme alors, Monsieur. Je ne prétends pas le préparer à tout ce qui est possible, mais seulement à ce qui est vraisemblable. Et vous, Monsieur, seriez-vous apprenti menuisier? — Non, Monsieur : j'ai essayé pendant quelques jours, et j'aurais raboté des planches comme un autre; mais l'odeur de la colle et la fumée affectaient ma poitrine, mes yeux, ma tête. — Et surtout vos habits, a ajouté Mme Melvil. Je vous ai entendu vous plaindre amèrement de cet inconvénient, et j'ai vu Madame votre mère fort touchée de votre douleur. Mon fils, ce que je vous ai répondu était dans ma pensée; c'est vrai, et c'est de conséquence. Un menuisier n'est pas seulement menuisier, c'est un

homme du peuple, un homme d'ordinaire mal
élevé, qui parle et pense grossièrement. La présence de Ralph ou la mienne n'aurait pu vous
garantir totalement du mal que j'aurais redouté
d'une telle société ; mais combien d'autres choses
il y aurait à dire sur ce chapitre ! Dans un livre,
rien n'est mieux qu'un gentilhomme menuisier ;
il est l'un et l'autre avec noblesse, avec un plein
succès ; mais croyez que, dans la réalité, il sera un
mauvais menuisier et un plat gentilhomme. L'esprit n'est pas comme ces grands fleuves dont les
branches se séparant peuvent fertiliser différentes
contrées. Trop divisé il ne suffit à rien et laisse partout des landes arides, ou couvertes de plantes
abortives [1], étiolées. Si j'avais pensé que vous dus-
siez être un jour dépouillé de votre patrimoine, je
ne vous aurais pas tiré de Lone Banck : l'habitude
d'une vie pastorale était déjà prise. Les habitants
des bois et des prairies, la plaintive Écho [2], la
chèvre et ses petits étaient vos camarades ; il n'y
avait qu'à vous laisser au milieu d'eux. Mais il ne
faut pas prendre de lâches précautions. Elles sup-
posent des malheurs auxquels il ne faudrait pas
survivre. Il faut les empêcher ou mourir. Mourir

1. Qui n'ont point atteint la maturité.
2. Soupçonnée par Héra de la distraire par ses bavardages
des infidélités de Zeus, la nymphe Écho fut condamnée à répéter les derniers mots entendus.

en s'efforçant de les empêcher. Non, mon fils, dans aucun cas ce n'est pas menuisier qu'il convient d'être, c'est homme riche et libéral ; c'est protecteur, bienfaiteur des artisans, non leur semblable et leur émule. Hier encore j'aurais parlé autrement. Aujourd'hui j'ai profondément réfléchi. J'ai trouvé que ce serait trop aimer la vie que de la vouloir nue, dépouillée, dégradée. Il y a pourtant des torrents auxquels vous ne pourriez résister seul si tout leur cédait lâchement. Alors fuyez à Lone Banck auprès de vos premiers amis ; mais n'allez pas plus loin, et que jamais on ne vous revoie parmi les débris d'une terre dévastée.

Ce 15 août.

Vos progrès ne sont pas rapides, mais pourtant, de mois en mois, je vois que vous avancez. Vous lisez assez couramment, et savez un peu de géographie. John est très assidu au château. Il joint un commencement de théorie à la pratique qu'il acquiert. Je lui ai donné les ouvrages d'un jésuite sur l'architecture, ouvrages dont j'ai toujours fait le plus grand cas. Vous vous plaignez de ne le voir presque plus. Bien souvent il dîne au château. Une pierre prête à poser lui sert de siège et de table, et, tandis qu'il tient son pain d'une main et son fromage de l'autre, il trouve le moyen d'avoir son livre ouvert à côté de lui, de manière à y pouvoir fixer les yeux. Pour vous consoler, je vous ai envoyé passer quelques jours chez lord Frederic. Ralph m'a dit que vous étiez resté immobile devant lady Mary. Sa fille vous a tiré par la manche, vous vous êtes joués ensemble fort gaiement, mais elle battait un petit chevreau, ce qui vous a fort déplu. Vous l'avez menacée d'emmener le chevreau si elle ne cessait pas. — L'emmener! il n'est pas à vous! Mon père l'a acheté. — Je lui rendrai l'argent. — Il me l'a donné. — Ce n'était pas pour le battre. Lord Frederic est survenu; il a trouvé que vous aviez raison. — Mais, papa, a dit Honoria, vous me l'aviez donné sans stipuler que je ne le battrais pas. — Cela était sous-entendu. De l'argent que William m'en donnera, je vous achèterai un bonnet, un fichu, un bilboquet que vous ne pourrez pas battre. — Je veux garder le chevreau et le battre. — Eh bien! je vous rendrai les coups. Honoria, peu convaincue sans doute, a battu, comme pour essayer, la petite bête, en regardant du coin de l'œil son père, qui aussitôt lui a donné un soufflet. Elle pleurait. Lady Mary est arrivée. Elle a dit à sa fille : — Il y a bien loin d'ici des gens blancs comme nous qui achètent des gens noirs : ils les font travailler, et quelquefois les battent cruellement pour les moindres fautes [1]. Ne trouveriez-vous pas fort bon qu'on battît ces blancs pour leur apprendre à ne plus battre les noirs? — Si j'étais un noir je le trouverais fort bon. — Et si vous étiez un de ces blancs? — Je le trouverais fort mauvais. Je ne sens pas les coups que je donne, mais je sens le coup que mon père m'a donné. Vous, maman, vous ne le sentez pas, et tandis que je pleure vous venez me parler de noirs et de blancs qui ne me font rien du tout. — Pardonnez-moi, Honoria, je crois sentir les coups que vous recevez, et je voudrais vous en éviter d'autres et vous rendre plus juste et plus douce. En disant cela, elle a soupiré, et Ralph a vu qu'elle avait les yeux humides. — Misérable petit chevreau! a dit Honoria, vous êtes cause qu'on me bat. Monsieur William, vous serez bien le maître d'emmener cet odieux animal. Mais, Monsieur William, vous avez l'air bien stupéfait! Vraiment, vous ressemblez à une figure en estampe que j'ai, et qui s'appelle l'étonnement. C'est un sot air que celui de cette figure. N'avez-vous jamais reçu de soufflet? — Non pas, qu'il me souvienne. À Lone Banck, nous nous battions quelquefois, Tom et moi; nous étions de même

1. En 1780 avait été créée en Angleterre une société en faveur de l'abolition de l'esclavage qui avait eu un grand retentissement dans les milieux éclairés.

force, mais je n'ai jamais reçu de coups de Sara, de Ralph ni de mon père. — C'est être heureux. Mais un petit monsieur doit savoir un peu de tout, et j'ai envie que vous sachiez de moi ce que c'est qu'un soufflet. — Je ne vous le rendrai pas, parce que vous êtes une fille, et plus petite que moi. — Je suis fort aise de savoir cela. Et elle s'avançait la main levée. — Mais moi, lui a dit son père, je vous fouetterai jusqu'au sang, comme je fus obligé de le faire quand vous aviez mordu et égratigné l'enfant du fermier. Honoria a tressailli, et un moment après elle est allée baiser le chevreau, et lui a donné du lait. — Faisons la paix, a-t-elle dit, et ne me quitte pas. Je ne te battrai plus. Cela n'irait pas avec mon père. (*It won't do*[1]) Lord Frederic ne fait que ce qu'il doit. Pour l'amour de sa fille, de lui-même, de sa femme, de la société, il faut bien qu'il use de cette rigueur. Mais combien je suis aise, mon cher William, de n'en avoir pas besoin avec vous! La petite Honoria a un esprit d'entreprise, un désir de faire des expériences que vous n'avez pas. Il paraît que vous n'aurez besoin, quant à la morale, que de douces et vagues insinuations. Oh! tant mieux! les arguments sans réplique sont si difficiles à trouver et à soutenir! *Je ne vous rendrai pas le soufflet parce que vous êtes*

1. Cela ne conviendra pas.

une fille, et plus petite que moi, est une jolie phrase. Peut-être l'aviez-vous entendu dire, mais n'importe. La générosité se fonde sur des aperçus délicats, ou se reçoit par tradition. C'est quelque chose de moins clair, mais de plus beau que la stricte justice. Je suis bien aise que, de façon ou d'autre, elle se soit glissée dans votre âme. Ne ressembleriez-vous point un peu à lady Mary? Don Quichotte enfant aurait dit comme vous.

Ce 1er octobre.

Nous retournerons à Paris plus tôt que l'année dernière. Mme Melvil est faible. S'il me faut la perdre, je la regretterai amèrement. Je me suis fort accoutumé à ce pays-ci. J'y vis avec les choses, non avec les gens. Oh! la drôle de nation! Le hasard vous a introduit auprès des petits enfants de M. de Malesherbes [1]. Je voudrais que vous pussiez m'introduire auprès de lui. Je sentirais mieux que vous le bonheur de le voir. Un Français, un homme d'esprit, un homme éclairé, qui a été ministre, qui a renoncé à l'être, et qui est simple et modeste! C'est un phénomène. Je vous ai recommandé de le bien regarder, de le bien écouter, vous disant

1. Chrétien-Guillaume de Lamoignon de Malesherbes (1721-1794). Secrétaire de la Maison du Roi et des provinces, il avait démissionné à la suite du renvoi de Turgot en 1776.

que vous seriez bien aise, un jour, de vous rappeler ses traits, ses manières, les moindres choses que vous auriez remarquées chez lui. Je vis, dis-je, avec les choses plus qu'avec les gens ; je lis, je regarde. C'est assez pour s'occuper chez soi et se délasser hors de chez soi. Quant à vous, William, vous prenez une teinte de politesse et d'aménité qui vous restera, à ce que j'espère, et qui vous sauvera l'ennui des continuels petits avertissements. Vous ne serez ni brusque et malhonnête, ni continuellement tourmenté par la crainte et le danger de l'être.

Ce 1er janvier 1787.

Mme Melvil s'affaiblit. Vous êtes rempli pour elle de douces attentions. Mme Gros vous a appris à ne marcher dans sa chambre que sur la pointe des pieds, à parler bas. De vos jolies petites mains vous relevez, vous rebattez ses oreillers quand elle quitte un moment sa chaise longue, et moi je vous imite. J'apprends de mon enfant à soigner ma vieille parente. John vous a dit qu'il faudrait prendre votre leçon de danse chez notre voisine la marquise de **, dont la fille apprend à danser du même maître que vous. Il a même offert, pour vous déterminer, d'y aller avec vous. Le maître, accompagné de John, a été chargé d'en faire la demande à la marquise ; et comme elle est française, et par conséquent polie, elle a tout de suite consenti. Aimables enfants! on ne peut vous regarder sans plaisir, ni examiner vos petites actions sans espérer de vous pour toute la vie.

Ce 1er mars.

Une amie de Mme Melvil a trouvé fort mauvais que je ne fisse pas faire une consultation de médecins. — Que peuvent des médecins contre la vieillesse? a dit en souriant Mme Melvil. — Mais, ma chère amie, vous mangez très peu, vous êtes extrêmement faible : des parents affectionnés comme vous méritez assurément que soient les vôtres, font en pareil cas une consultation de médecins. Il y a quelques jours que j'en trouvai quatre et deux chirurgiens chez ma vieille amie la duchesse de la V**. Mme Melvil haussa les épaules. — J'ai vu de ces sortes d'assemblées, dit-elle, et me suis persuadée que Molière n'avait pas chargé ses tableaux.

Ce 26 mars.

Mme Melvil est morte. Je suis resté auprès de son lit avec Ralph pendant quarante-huit heures. Elle est morte. Il n'y a plus d'espoir de lui voir rouvrir des yeux où la bienveillance s'est montrée jusqu'à la fin. On peut porter en terre ce corps que la vie n'anime plus… Vous vous êtes approché et avez voulu baiser une main glacée par la mort. Je vous ai averti du froid que vous sentiriez. John a dit : — Je l'ai touchée. Ôtez-vous, William, vous frémirez. Cela n'est bon à rien. Allons plutôt porter une couverture et ce duvet, qui ne peut plus la réchauffer, au Suisse qui se meurt ; mais malgré John vous avez voulu toucher de votre bouche la main de celle qui n'est plus, et vous avez pâli. Le Suisse est fort vieux. Il a dit qu'il ne se souciait pas de survivre à sa maîtresse, et qu'il était temps qu'il mourût.

Ce 28 mars.
Le Suisse vient d'expirer. Il avait servi Mme Melvil pendant quarante-six ans, seize ans de plus que Mme Gros. Quel panégyrique qu'un serviteur si vieux ! Nous voulions veiller aussi son corps, mais des prêtres s'en sont emparé : le Suisse était catholique. Excepté les prêtres, chacun ici semble croire que la mort est contagieuse. De peur de se trouver près d'elle, on fuit avant qu'elle ne soit là. Bien souvent, les derniers regards d'un mourant voient ceux qu'il aimait, moins affligés qu'effrayés, se préparer à cette retraite cruelle, ou même il ne les voit plus, ils ont fui déjà. Il reste seul avec l'idée de sa prochaine destruction. Heureux s'il ne la croit pas totale, ou si le néant ne lui

fait point peur! Pourquoi M. Bailly[1], dans son admirable rapport sur l'Hôtel-Dieu, a-t-il appelé les Français *une nation sensible*? Il y a quelque temps que John a voulu voir avec Ralph les hôpitaux et Bicêtre[2]. Un homme qui paraissait un idiot ayant mal répondu à une question que lui faisait Ralph, un autre se moqua de lui; ils se querellèrent et se donnèrent rendez-vous pour se battre derrière l'église. Ralph s'interposa. — Qu'y a-t-il là de si grave? dit-il. Vous vous êtes trompé, et il vous en a averti. — Quoi! répondit l'offensé, me faire passer auprès du monde pour un imbécile! Entendrait-on quelque chose de semblable à Bedlam[3]? J'en suis curieux. John ne fait plus que des plans d'hôpitaux, et vous le regardez faire avec beaucoup d'intérêt.

Ce 4 avril.

Je voulais vendre au plus tôt les meubles de cette maison, payer ce que pouvait devoir Mme Melvil, recueillir cette partie de sa succes-

1. Jean-Sylvain Bailly (1736-1793), astronome, homme de lettres, favorable aux idées philosophiques, maire de Paris de 1789 à 1791. Il était l'auteur d'un rapport sur l'Hôtel-Dieu paru en 1787.
2. Situé au sud-est de Paris, Bicêtre servait d'hospice aux indigents; il accueillit également les délinquants et les fous.
3. Hôpital de Londres fondé au Moyen Âge et destiné aux aliénés dès le XVIe siècle. Il jouissait d'une sinistre réputation.

sion qui se trouve en France, puis partir. Ralph m'a prié et conseillé de vous laisser encore pendant deux mois à vos maîtres de danse, d'écriture, de grammaire française. — Ce sera peut-être pour la vie, m'a-t-il dit. Qui sait si nous reviendrons en France ? J'ai consenti. Ralph alors m'a communiqué le projet qu'il avait d'épouser Fanchette Gros, et de l'emmener en Angleterre avec sa mère. — Je ne puis plus me passer, m'a-t-il dit, de vivre avec des Françaises. Ma grand'mère, qui était née en Languedoc, m'avait bien dit que c'était tout autre chose que les femmes de mon pays. Je ne sais si ce sont quelques gouttes de sang français que j'ai dans les veines qui m'ont disposé comme je suis ; mais il me semble à présent, quand il m'arrive de voir des Anglaises, que ce soient des machines à ressort. Elles se lèvent, s'asseyent, questionnent, et répondent subitement. Pas un mot, ni un petit accent qui soit pour la bonne grâce. Point de transition d'une chose à une autre. Le mot de *transition* dans la bouche de Ralph m'a fait sourire. Je lui ai dit sans façon que je trouvais une Française de vingt et un ans trop jeune pour lui, et même pour moi qui suis plus jeune que lui d'une dizaine d'années. — Tout de bon, Monsieur ? — Oui, tout de bon. — Oh bien, Monsieur, j'épouserai sa mère. J'y avais déjà pensé, et cela m'est presqu'égal. — Et vous emmenerez Fanchette avec vous, ce qui aura de grands inconvénients. — Non, Monsieur. Si je m'adresse à sa mère au lieu d'elle, elle épousera un valet de chambre de l'ambassadeur de Suède. — Vous êtes devenu plus français, Ralph, que je ne pensais, et à peine notre séjour en France aura-t-il eu autant d'influence sur William et sur John que sur vous. Quoi, sans inclination particulière, et seulement pour l'amour des transitions françaises, vous voulez vous marier et me quitter ? — Me marier, oui ; c'est une folie dont tôt ou tard chacun veut essayer ; mais non pas précisément vous quitter, Monsieur, ni votre fils, que j'aime comme s'il était le mien, et c'est pourquoi je ne me soucie pas beaucoup d'avoir des enfants. Voici mon projet, si vous voulez avoir la patience de l'écouter. — Certainement, Ralph. — Arrivé à Londres, Monsieur, avec Mme Gros qui serait alors mistriss Young, comme vous savez, je mettrais ensemble ses épargnes, les miennes et une somme d'argent que m'a laissée dernièrement un vieux oncle, et j'en achèterais une jolie maison dans le quartier de la cour. Là, Monsieur, j'arrangerais un joli appartement pour vous et pour mon jeune maître, car vous voudrez achever son éducation, et vous-même vous ne voudrez pas vous enterrer tout vif à Ivy Hall. Tout le monde souhaite de voir un homme comme vous jouer un rôle dans le monde politique, et ici chacun me dit : — Pourquoi votre maître n'est-il pas lord maire, ou président au parlement de Londres, ce qui est une fort belle dignité ? Ces gens confondent un peu les noms et les choses, mais le fond de leur idée est juste. Ils pensent qu'un homme éclairé, noble, honnête dans toutes ses actions, devrait s'élever aussi haut que possible, ne fût-ce que pour se mieux montrer en exemple aux autres. Enfin, Monsieur, je ne doute pas que quand vous me verrez arrangé en[1] Piccadilly, Pallmall ou Saint-James's Square, et prêt à vous recevoir de manière à ce que vous n'ayez aucun embarras domestique, vous ne preniez le parti de vous faire élire membre de la chambre des communes, et de passer vos hivers à Londres. Je crois vous voir déjà assis dans un beau salon meublé à la française, de damas cramoisi, avec des baguettes dorées, des glaces et de bons fauteuils bien rembourrés. Vous offrez à vos amis du parlement, avec un *bowl*[2] de punch, des pâtisseries excellentes, de la façon de mistriss Young, mon épouse. Lord C. y vient, trop heureux de s'éloigner des grandes dames et des petites miss avec qui il ne passe sa vie qu'à

1. Vx. : confortablement établi à.
2. Le mot, qui conserve alors son orthographe anglaise, désigne une coupe servant à la consommation de certaines boissons.

regret. — Que de choses, Ralph, vous me pro-
posez ! — Monsieur, je vous les facilite. — Il
serait trop bizarre de devenir *par occasion* un
des législateurs de mon pays. — Monsieur,
vous ne le deviendrez jamais autrement. — Peut-
être, Ralph ; mais j'aime mieux ne l'être point.
— Nous verrons cela, Monsieur ; mais vous
m'avouerez au moins que pour le reste mon projet est assez raisonnable. William a besoin de
maîtres qu'il ne saurait trouver à Ivy Hall. Du
reste, vous et moi, Monsieur, nous lui tiendrons
lieu de mentors, comme on dit ici[1]. Je sais bien
que je ne voudrais, pour rien au monde, céder
ma place au fils d'un curé suisse ou écossais. J'aimerais mieux renoncer, pour la conserver, à
Mme Gros et à mon établissement de Londres.
— Je suis extrêmement touché, Ralph, de tout ce
que vous venez de me dire. Arrangez vos affaires
comme cela vous conviendra le mieux, et conservez votre influence sur les miennes. Je ne quitterai Paris qu'en juin ou juillet, et j'irai directement
à Thorn Hill avec William et John, puis à Ivy
Hall, puis en Écosse. Je veux que mon fils revoie
Sara Lee et sa famille. Si pendant ce temps-là
vous vous êtes établi à Londres, je vous mènerai

---

1. Référence aux *Aventures de Télémaque* (1699) de Féne-
lon. Mentor est le nom du pédagogue du jeune garçon.

William ; je conviendrai avec vous des maîtres qu'il faudra lui donner, et après avoir passé l'automne chez moi, je viendrai passer chez vous une partie de l'hiver.

Ce 3 avril 1788, à Ivy Hall.

Tout est allé comme nous l'avions projeté. À Thorn Hill, ici, chez Sara vous avez été bien reçu, et vous êtes montré reconnaissant, doux, aimable. Arrivé avec vous à Londres, dans l'élégante demeure de Ralph, j'ai cherché et trouvé un excellent maître de latin. — Quoi ! encore des verbes et des adverbes nouveaux, m'avez-vous dit avec douleur ! Cette fois, au lieu de délibérer, je vous ai demandé quelle récompense vous vouliez que je vous donnasse lorsque vous auriez appris ce que je désirais que vous apprissiez. — Donnez-moi, dès à présent, mon frère de lait pour compagnon d'étude, et un petit de la chienne de Lone Banck. Tom a plus de mémoire et d'ambition de savoir que moi. Faites-le venir, je ne demande pas autre chose. Je vous l'ai promis, et, retourné à Ivy Hall, j'ai fait chercher Tom et le chien. Celui-ci s'est perdu à Londres, mais Tom a parfaitement répondu à votre attente. L'hiver s'est très bien passé. John, qui avait été mis chez un architecte, venait tous les dimanches auprès de vous et de son frère, et vous menait voir tantôt un bâtiment, tantôt un autre. Vous vous êtes lié d'amitié avec l'un des neveux de lord Frederic, jeune homme de la plus grande espérance. Je suis fort aise que vous vous appliquiez au latin, sans préjudice du français. Quand on ne sait de langue vivante que la sienne, on est trop de son pays ; quand on ne sait que les langues vivantes, on est trop de son temps. Depuis que je me suis persuadé que vous ne pourriez jamais, avec honneur, vous laisser réduire à l'état d'homme du peuple, j'ai souhaité que vous eussiez tout au moins ces connaissances qui attestent un homme bien élevé. N'en eussiez-vous que la brillante superficie, ce serait quelque chose ; mais si je vous voyais jouir de tout le plaisir que peut donner l'étude, et de toute la considération qui s'attache à des talents distingués quand ils sont joints à une noble origine, je serais un heureux père. Vous n'auriez pas besoin alors de solliciter des emplois, des places brillantes, pour en obtenir de l'occupation et de l'éclat. Vous auriez du loisir sans être désœuvré, et retiré loin du monde vous ne seriez pas obscur. La noblesse d'aucun pays n'a produit autant de savants hommes que la nôtre. Voyez lord Orrery, lord Napier, lord Schaftesbury, lord Lyttelton, le chevalier Dalrymple[1]. J'en pourrais

1. Robert Boyle, lord Orrery (1627-1691), physicien et chimiste, fondateur de la *Royal Society* de Londres ; John Napier (1550-1617), mathématicien écossais ; Anthony Ashley

nommer d'autres si ceux-ci ne suffisaient pas pour prouver ce que j'avance, ce dont je m'honore.

Ce 1er juin.

Vous avez aujourd'hui huit ans accomplis. Je donne une fête aux gens du village et des environs. On boira copieusement à votre santé. Lady C. voudrait que vous vinssiez passer quelque temps à Thorn Hill. Je n'y consentirai pas, car à moins qu'il ne faille dépayser un enfant pour lui faire perdre de mauvaises habitudes, je crois qu'on fait bien de le laisser longtemps dans un même endroit, quand même il serait aussi bien ailleurs. Les changements fréquents donnent, à la fin, le goût, l'habitude, et en quelque sorte le besoin du changement. Mais si je vous faisais venir à Thorn Hill, il faudrait que j'y allasse, et encore n'y seriez-vous pas aussi bien qu'en Saint-Andley Street. Entre le galimatias de milady, et les sarcasmes, les ironies de milord, vous ne sauriez bien souvent de quoi il s'agit, et vous vous trouveriez tout à fait désorienté. Un langage simple et vrai me paraît de

---

Cooper, lord Schaftesbury (1671-1713), homme politique et philosophe anglais ; en 1745, Diderot avait traduit son *Essai sur le mérite et la vertu* ; George Lyttelton (1709-1773), homme politique, auteur de quelques travaux, notamment en histoire ; John Dalrymple (1726-1810), juriste, notamment auteur des *Memoirs of Great Britain and Ireland*.

première nécessité avec les enfants. Milady fait actuellement des romans dont milord se moque. Voilà de quoi subsiste la conversation à Thorn Hill. Le roman qui a paru n'est pourtant pas absolument mauvais. Le langage en est assez pur, les sentiments à l'abri du blâme, ainsi que les aventures. Si celles-ci n'étaient un peu bizarres et accompagnées d'une foule d'événements très imprévus, le livre tomberait des mains, on s'endormirait, bercé par la trivialité de la morale et la monotone noblesse du style. Et cela se lit. Les auteurs des journaux, des annonces de livres admirent qu'une femme remarquable par l'élégance de ses mœurs, de sa personne, de sa maison, réunisse tant de talent avec tant de grâces et de vertus. Là-dessus lady C. redouble de prétentions à toutes les qualités et les agréments possibles. Son mari m'a dit que depuis qu'elle était auteur sa pension ne lui suffisait plus, que sa parure lui coûtait beaucoup plus que lorsqu'elle était très jeune, mais que sa maison était mieux réglée qu'auparavant. À la bonne heure, mais si elle avait du talent et de l'esprit, je serais fâché qu'ils fussent étouffés sous tant d'autres prétentions. Quand j'ai dit à son mari que ses ouvrages du moins étaient d'elle, et d'elle seule :
— Pardonnez-moi, m'a-t-il répondu, un ami fournit le plan, les incidents sont imités de tous

les romans du jour, et l'homme qui corrige les épreuves revoit le style ; mais je voudrais qu'elle n'y mît du sien absolument que son nom, alors ils auraient quelque chance d'être passables. Milord avait un air, en disant ces derniers mots, qui m'a fait douter de la vérité des premiers. Les uns pouvaient n'avoir été dits que pour amener les autres. Voilà comme on se gâte l'esprit, comme on perd même de sa probité en vivant avec une personne qui ne nous convient pas. Je suis un peu plus content de milady que je ne l'étais avant qu'elle ne se mît à écrire. Elle garde pour ses livres quelques-uns de ses raisonnements de conversation.

Ce 1er janvier 1789.

Me voici à Londres. Je suis très satisfait. Vous entretenez votre français et votre politesse avec mistriss Young, toutes vos bonnes qualités avec Ralph et vos amis. Quand le petit-fils du duc vient chez vous, il dîne avec le petit Écossais, la femme de chambre française et l'excellent Ralph. Il n'y a qu'une table. Peggy, qui fait le gros ouvrage de la maison, mange et couche chez sa mère, à deux pas d'ici. J'y ai mis mes gens en pension. Je dîne à la taverne quand je ne vais pas chez lord C., et, le soir, je me fais donner des huîtres, quelques pâtisseries de la façon de mistriss Young, du vin et du punch. Le salon est meublé en vert, au lieu de l'être en cramoisi. C'est, avec l'élection au parlement, la seule réforme que j'aie faite au plan de Ralph.

Ce 6 février 1790.

Le duc de *** étant fort mal, lord Frederic est venu en Angleterre, laissant sa femme et sa fille en France jusqu'à la belle saison. Il m'a chargé de les aller trouver et de les ramener. J'irai. Si je meurs d'ici à dix ans, m'a-t-il dit, je vous prie d'épouser lady Mary, qui, ne s'entendant à rien, toujours noble, jamais soupçonneuse, serait perpétuellement la dupe des malhonnêtes gens. — Mais, lui ai-je répondu, je suis moi-même si peu habile! — Assez pour elle. Un homme actif, inquiet, d'une régularité excessive ferait le malheur de sa vie. N'eût-elle que le tourment de le voir faire, ce serait trop. Soit que vous l'épousiez, ou non, vous devez la protéger tant que vous vivrez. Que votre fils, s'il se peut, devienne son gendre. Sa douceur, votre indulgence contiendront Honoria, qui ne pourra résister à de bons procédés. Si elle tombait en d'autres mains, je la craindrais pour elle-même et pour sa mère.

Ce 30 avril.

J'arrive avec lady Mary. Son beau-père est mort il y a déjà quelques semaines. En mon absence, lord Frederic, dont le frère aîné est en Italie, a pris sur lui de vous envoyer à Eton[1] avec lord John. Celui-ci n'y voulait pas aller sans vous, ni vous sans Tom. J'aurais eu quelque peine à me déterminer seul pour l'éducation publique, quoique, dans ce pays du moins, je la croie presque indispensable. John Lee m'a prié de lui permettre d'aller en Italie avec la famille ***. Je l'ai extrêmement recommandé aux dames et à l'instituteur des jeunes hommes. Il leur est supérieur en tout, et sera bientôt le favori de leur mentor. On croit, à voir comment je vis, que je fais de grandes épargnes, et je pense que bien des gens me prennent pour un avare. Que m'importe ce qu'ils en pensent! Je me suis ouvert sur ces objets au seul lord C., qui m'a paru avoir besoin d'être excité par l'exemple. Un libertin, mon fils, finit presque toujours par être un égoïste dur et parcimonieux. Je lui ai dit ce que je faisais pour Félicia, et de quelle manière j'en avais agi avec sa mère. Je comptais remeubler, cet été, le salon d'Ivy Hall, et faire une addition considérable à ma bibliothèque, tant en espace qu'en livres; mais j'aime mieux

---

1. La plus célèbre *public school* anglaise, située à quelques dizaines de kilomètres à l'ouest de Londres. Elle fut fondée par Henri VI en 1440.

payer le voyage de John et les études de Tom, et je hais l'embarras des anticipations et des dettes.

Ce 30 mars 1793.

Un neveu de lord Frederic, plus âgé de huit ans que lord John, son frère, commandera une frégate dans une expédition dont on ne connaît pas encore l'objet. Il emmène son frère qui se destine au service de mer. Vous demandez à courir une même carrière que votre ami, mais vous êtes si jeune ! vous ne connaissez encore ni cette carrière ni aucune autre. Les dangers de celle-ci, en menaçant votre vie, porteraient une atteinte bien cruelle à mon repos.

Ce 4 avril.

Je cède à vos instances et à celles des deux neveux de lord Frederic. Il y a à bord d'habiles gens dans plus d'un genre. On vous donnera toutes les leçons qui préparent au métier de marin, mais vous ne serez cependant que volontaire. Quelque longue que soit la course, on m'a promis de ne vous donner aucun grade. Je ne voudrais pas que l'*occasion* disposât cette fois-ci de vous. Lady Mary et Honoria vous voient partir à regret.

Ce 6 octobre 1794.

Dieu soit loué, mon cher William! Vous voilà de retour. Combien j'ai souffert l'année dernière, dans les mois orageux de novembre et de décembre! Vous avez grandi et, sans avoir embelli, vous êtes mieux que vous n'étiez. Il me semble que le plus grand plaisir que vous ayez eu a été de revoir John à Naples. Il reviendra l'année prochaine. Tom, qui ne m'a pas quitté pendant votre absence, est devenu presque savant dans les lettres grecques et latines. Votre hiver se passera à relire avec lui et moi les classiques latins, français, anglais; à faire des armes, à prendre des leçons d'équitation. Au printemps je vous enverrai à l'université. Ralph louera sa maison de Londres, et prendra un appartement à Cambridge pour le temps que vous y serez[1]. Sa femme et lui ont eu simultanément cette bonne pensée. J'ai été si content de mistriss Young dans cette occasion, que je lui ai donné une assez belle boîte avec votre portrait. Quant à Ralph, c'est tout simple. Mon intérêt et le vôtre constituent ensemble son intérêt le plus cher. — Monsieur, me dit-il hier après m'avoir longtemps parlé de vous avec tendresse, il

---

1. Les aristocrates étaient reçus dans les *college* de Cambridge avec leurs domestiques et tout leur équipage, animaux compris.

sera bien entre nos mains. Si ses mœurs s'alté-
raient, si sa santé était exposée, je m'en apercevrais
encore plus vite que vous ne pourriez faire, et
pourrais encore mieux m'informer, avertir, permettre un petit mal, s'il le fallait, pour en préve-
nir un grand ; mais j'empêcherai tout mal, si je
puis, et remédierai de mon mieux à ce que je n'aurai pu empêcher.

Ce 20 avril 1796, à Cambridge.
Je vous suis venu voir. Tout va bien, sinon que
Tom, en même temps qu'un garçon plein d'esprit, de talents, d'application, est un espiègle et un
petit libertin. Il n'a pas attendu les plaintes que
Ralph pouvait me faire, il m'a avoué ses fautes de
lui-même, et, se reconnaissant indigne de mes
bontés, il m'a dit, les larmes aux yeux : — Ren-
voyez-moi à Lone Banck. La vue de mes parents
et de leur humble demeure me fera rentrer en
moi-même, et je pleurerai mes égarements. —
Oui, lui ai-je répondu, vous passerez l'été à Lone
Banck avec vos parents, vos livres et surtout avec
vos réflexions ; mais vous achèverez ensuite vos
études à Édimbourg, et deviendrez un bon avocat
et un honnête homme. Tom m'a remercié affec-
tueusement et prenant pour prétexte quelques
papiers que j'ai à copier, il m'a prié de permettre
qu'il ne me quittât plus. Toutes ses accointances

sont abandonnées, il déserte même les professeurs et les collèges. Quand vous avez su l'arrangement projeté, vous m'avez conjuré de vous laisser aller avec Tom. Je vous ai dit que nous le rejoindrions à Édimbourg, mais qu'auparavant vous iriez voir lord Frederic et sa famille. Je désire aussi que vous passiez quelques semaines chez moi et quelques jours chez votre marraine. À l'heure qu'il est, vous embarrasseriez un peu les habitants de Lone Banck. Ils réparent et agrandissent leur demeure sous la direction et aux frais de leur fils aîné, à qui l'on a très bien payé les plans qu'il a faits pour différents édifices. Ses succès ont été d'autant plus complets qu'il a surveillé l'exécution de ses plans avec une extrême assiduité, surmontant industrieusement les difficultés qu'il n'avait pu prévoir, en tirant même parti. C'est là son talent. Il fait naître des obstacles les plus embarrassants de hardies beautés. — Je me perds, disait-il, dans mes idées quand je puis de toute manière tailler en plein drap ; mais prescrivez-moi une somme que je ne doive pas passer, et faites-moi bâtir sur des rochers crevassés et des précipices, demandez presque l'impossible, je méditerai, je chercherai tant, que je trouverai le beau. C'est ainsi, pensais-je, qu'une idée difficile à exprimer peut fournir au style ses beautés les plus remarquables. C'est ainsi que le général que tout menace, inspiré par les obstacles comme par un Dieu propice, triomphe d'un ennemi qui se croyait sûr de vaincre. Dans ce que vous entreprendrez, mon fils, craignez moins les difficultés que votre négligence et le relâchement de votre esprit.

Ce 21 avril.

Ce que je vous dis hier, mon fils, n'est pas ma seule objection contre votre séjour à Lone Banck. Tom a besoin de solitude. Dans certains moments de la vie, il faut être à soi pour pouvoir se reconnaître. Ralph et sa femme sont tout résolus à planter le piquet [1] à Édimbourg. J'y passerai aussi l'hiver. Cette fois c'est Tom et ses incartades qui nous mènent, mais il n'y a pas de mal du tout que vous sortiez d'ici, et qu'à l'aide d'objets nouveaux votre esprit puisse se débarrasser d'une certaine inquiétude, d'une tristesse vague qui me fait peur pour vous. John, fortement occupé d'un seul objet, n'a presque pas senti cette crise de la nature où l'homme semble acquérir, avec de nouveaux organes, de nouveaux besoins, et se trouve avoir avec la société des relations qu'il n'avait pas soupçonnées. Tom, moins délicat et plus ardent que vous, a tout brusqué. Au lieu d'être conduit par une imagination troublée à des réflexions sur le

1. Vx. : aller s'installer chez quelqu'un.

mal moral et physique, sur la variété et l'obscurité des systèmes de morale et de religion, il s'est grisé avec ses camarades, et a autant couru la nuit qu'il étudiait le jour. C'est son assiduité à ses études qui a trompé Ralph pendant quelque temps. Au cœur de l'hiver il le trouvait au travail dès six heures du matin, et ne pouvait croire qu'il ne se fût point couché. Quant à vous, vous ne vous êtes jamais douté de rien, car Tom, discret et décent, vous aime et vous respecte trop pour avoir voulu risquer de vous nuire. Cette délicatesse m'a extrêmement touché en sa faveur. Il vous est sincèrement attaché, et vous pardonne un peu d'humeur que vous lui témoignez assez souvent. Il voit bien, je pense, que c'est le malaise où vous êtes qui en est cause, et que dans le fond vous l'aimez autant que jamais. Pas plus loin qu'aujourd'hui, nous avons eu une scène assez plaisante, qui se composait de tous les sentiments que je viens de décrire. Vous aviez rêvé quelque temps assez tristement quand enfin vous m'avez demandé si j'étais franc-maçon. Je vous ai répondu que non; qu'étant très jeune j'avais eu envie de le devenir, mais que cela n'était pas trop compatible avec l'état auquel je me destinais, et qu'ensuite je n'y avais plus songé. Si ces gens-là ont des secrets intéressants, m'avez-vous dit, il serait pourtant assez bon de les savoir. Nous savons si peu de chose! il se passe tant de choses inexplicables! Je n'ai rien répondu, et vous êtes retombé dans votre rêverie. Je regardais Tom, comme pour lui dire de m'aider à la dissiper. — J'ai fait un drôle de pari, a-t-il dit tout à coup. Il y a bien des jours qu'il est fait, et je n'ai pu encore me résoudre à le gagner. — Êtes-vous sûr de gagner? avez-vous dit. — Oui, je m'en crois sûr. — Qu'est-ce donc qui vous arrête? — J'ai besoin d'un homme d'esprit pour le gagner noblement. — Vous êtes obligeant, Monsieur! Mais voilà mon père, qui semble être venu tout exprès à Cambridge pour que vous n'y manquassiez pas d'un homme d'esprit. — Vous m'auriez suffi à cet égard, mais ce n'est pas tout ce qu'il me faut que de l'esprit dans mon homme d'esprit, surtout si je l'aime et le respecte; il faut qu'il n'en veuille ni à lui ni à moi quand il sera tombé dans un piège… — Que vous lui aurez tendu? — Non, je ne le lui aurai pas tendu. Sans qu'il y ait de finesse de ma part, il y aura duperie de la sienne : voilà bien de quoi mettre un homme de mauvaise humeur. — Me croyez-vous si susceptible? En ce cas-là adressez-vous à mon père; mais il me semble que mon amour-propre n'est pas très pointilleux; vous l'avez mis quelquefois à l'épreuve. — Voulez-vous donc vous exposer à me faire gagner mon pari? — Oui. — Et si dans

106

la joie de mon triomphe j'avais l'insolence de sou-
rire?... — Riez aux éclats, cela ne fera rien du
tout. — Eh bien soit. Ayez la bonté de me donner le second volume du président Hénault[1] : il
y en a trois. Les livres étaient sur la table ; Tom
les avait mis l'un sur l'autre devant vous, comme
sans réflexion. Vous en avez ouvert un. — C'est
le premier, avez-vous dit. Puis un autre, — C'est
le troisième ; mais lorsque vous avez ouvert celui
qui restait : — J'ai gagné, s'est écrié Tom. Quel
autre pouvait-ce être que le second ? J'avais parié
qu'un homme d'esprit, même un homme d'esprit, ouvrirait en pareil cas le troisième livre ou la
troisième boîte. — C'est pour s'assurer... — S'assurer de quoi ? de ce qui est déjà sûr : c'est perdre
son temps, et c'est pis que cela, car se permettre
de chercher l'évidence lorsqu'on la tient, c'est
consentir à la méconnaître. J'écoutais avec plaisir
et surprise. Vous étiez un peu sombre. Tom
n'osait faire semblant de le voir. J'ai pris la parole.
— Tom, comment cette idée vous est-elle venue ?
— De fil en aiguille, en causant avec mes amis.
— Je suis sûr, ai-je dit, que j'aurais fait comme
William. — Monsieur, j'en suis persuadé. Nous
faisons tous comme cela. Votre visage, William,

1. Charles-Jean-François Hénault (1685-1770), président
du Parlement de Paris, historien, auteur d'un *Abrégé chronolo-
gique de l'histoire de France* (1744).

s'est un peu éclairci, et vous avez dit : — Le second volume était mis exprès sous les autres. — Oui, sans cela l'expérience ne pouvait pas se faire. Vous ne pouviez plus le chercher, quand déjà vous l'auriez reconnu. J'ai été tenté de faire l'expérience avec deux livres seulement, et je crois qu'elle aurait réussi tout de même. — *Nous faisons tous comme cela*, ai-je repris. Tom, vous l'avez dit, et je crois que cela est vrai. Une certaine lenteur, une certaine mollesse d'esprit serait donc naturelle aux hommes, il faudrait des efforts pour nous faire une habitude contraire à notre penchant. — Je le crois, a dit Tom, et quoique dans certains cas il paraisse assez indifférent de chercher ce que l'on a trouvé, il me semble qu'il ne faudrait jamais se le permettre, parce que cela n'est jamais utile, et peut nuire quelquefois ; d'ailleurs l'habitude en est funeste, fâcheuse : elle ralentit nos mouvements dans certaines occasions pressées, et nos jugements dans certaines occasions où il n'est pas permis d'hésiter. Oh ! suspendre son jugement est souvent une fort bonne chose, avez-vous dit. — Non, non, s'est écrié Tom. Si j'ai confié mon secret à William Finch et à un autre, et que j'apprenne que mon secret est divulgué, il est impossible que ce soit par William Finch, c'est donc nécessairement par l'autre. Il ne m'est pas permis d'en douter et je puis, je dois sur l'heure prendre le traître au collet *.

Ce 2 juin, à Thorn Hill.

On a célébré hier votre anniversaire par une mauvaise petite comédie et de fades couplets de la façon de quelques jeunes dames que lady C. protège et encourage. Sans les sarcasmes de lord C., vous n'auriez su quelle contenance prendre. Vous vous occupiez généreusement à les réprimer quand vous pouviez vous empêcher d'en rire. La fête a été terminée par un souper et un bal, où nos soi-disant muses s'étaient transformées en véritables grâces. — Je ne vois pas, disait lady C., ce que l'absence de toute élégance, ce que le désordre et la maussaderie de l'habillement pourraient ajouter à l'esprit. Il y a

---

* Selon Chrysipus, un chien cherchant son maître, ou poursuivant quelque proie qui fuit devant lui dans un carrefour à trois chemins, va essayant un chemin après l'autre, et, après s'être assuré des deux et n'y avoir trouvé la trace de ce qu'il cherche, s'élance dans le troisième sans marchander. (MONTAIGNE, tome II, liv. II, chap. XII [1]). Si ce fait est vrai, le chien a précisément l'esprit qui, selon Tom, manque à l'homme. *(Note de l'auteur.)*

1. Isabelle de Charrière résume un paragraphe de l'*Apologie de Raymond Sebond*, portant sur la capacité de raisonnement du chien.

temps pour tout. — Sans doute, a dit lord C. : on regarde sa montre, et si l'heure en est venue, on donne congé à son esprit pour ne penser qu'à son miroir. — Oui, oui, a repris sa femme. Voyez ce que Voltaire dit partout de la marquise Du Châtelet [1] ! Les pompons et les compas étaient pêle-mêle sur sa toilette. Elle n'entendait pas mieux Newton que l'art de se rendre agréable. — Ah! voilà un trait de lumière, me suis-je dit. C'en est fait, la généralité des femmes est condamnée à une éternelle médiocrité dans tout ce qui demande de l'application et ne conduit pas uniquement à plaire. Nos dames croient sans doute que Sapho, que Mlle Agnesi [2] dansaient, se mettaient bien. — Et pourquoi non? diraient-elles, si je leur en faisais la question. Ah! je le vois, plus femmes que toute autre chose, les femmes ne voudraient s'assurer les suffrages de l'univers et des siècles qu'à condition de ne pas perdre le

1. Émilie de Breteuil, marquise Du Châtelet (1706-1749), physicienne de grande renommée et traductrice de Newton. Elle fut longtemps la maîtresse de Voltaire, dont lady C. cite la correspondance, avant de tomber amoureuse du poète Saint-Lambert et de mourir en couches.
2. Maria-Gaetana Agnesi (1718-1799), mathématicienne et philosophe de renom. Elle occupa pendant deux ans la chaire de mathématiques de l'université de Bologne en remplacement de son père.

moindre éloge du moindre fat. Heureuse mistriss Damer [1], quel miracle vous excepte de tout ce que je viens de dire, et vous acquiert, avec le plaisir de produire des chefs-d'œuvre, celui de les voir si justement admirés ? Quelquefois je cherche dans ce que je vois quelqu'image ébauchée de la femme que je voudrais donner à mon William ; et non seulement je n'aperçois rien, mais je ne puis pas même me créer un fantôme désirable. Souhaiterais-je la nullité ? Non. La médiocrité modeste ? Non. Elle est si découragée ! il faut la flatter et lui en faire sans cesse accroire. La médiocrité présomptueuse ? Oh non ! elle est insupportable, moins pourtant que l'autre, quoique plus ridicule. Elle remue ses pesantes ailes et croit planer dans les airs. Me contenterais-je d'une simple ménagère ? Non, le vulgarisme serait son partage. Vous rougiriez d'elle, et, la voyant bouger, ranger sans cesse, vous finiriez par vous regarder comme un meuble hors de sa place, dont vous la débarrasseriez en désertant votre maison. Voudrais-je d'une bru comme lady C. ? Non, décidément non. Comme votre mère ? Hélas ! peut-être. Il ne sera point créé pour vous une femme par-

1. Anne Seymour (1748-1818), épouse de John Damer, qui s'illustra en sculpture. Son roman *Belmour* avait été traduit en français en 1804.

faite. Si vous en aimez une assez follement pour la croire sans défauts, épousez-la, mon fils ; rien de plus raisonnable que cette folie, car l'illusion pourra vous rendre heureux, du moins pendant un temps, et après cela vous ne serez que comme un autre époux, que comme celui qui se sera froidement trompé. Mais plutôt encore, si une femme vous aime, que ce soit elle que vous épousiez. Ses défauts se cacheront ; ils disparaîtront pour un temps ou pour toujours. C'est là la qualité distinctive des femmes. L'amour les soumet, et la plus impérieuse d'entre elles s'enorgueillit de sa soumission. Au lieu qu'un homme subjugué en rougit. Sans cesse il secoue sa chaîne, et elle se rompt enfin. Je vois ici deux femmes fort aimables, mais fort tristes : elles ne font ni comédies ni couplets. Quelques mots leur sont échappés, qui me persuadent que l'une est désolée d'avoir cédé à son amant, l'autre d'avoir renvoyé le sien. La première ne regarde son mari que les larmes aux yeux ; le mari de la seconde est impatiemment souffert. Je ferai en sorte qu'elles se parlent. Toutes deux prendront leur parti, l'une d'une faiblesse, l'autre d'une vertu qui leur coûtent si cher. Mon fils, s'il se peut, ne vous attachez pas à des femmes mariées. On leur fait trop de mal. Le soir, vous m'avez fait remarquer, mon fils, que quoique lady C. déraisonne sans cesse, ce n'est presque jamais entièrement, et qu'il est plus facile à son mari de se moquer d'elle que de la réfuter. Le bon sens serait-il une ornière dont on ne peut sortir tout à fait ?

Ce 3 juin.

Dans vos moments de *spleen*, vous me parlez du genre humain avec misanthropie ; de la société avec dégoût. Les lois, dites-vous, sont imparfaites, leur exécution l'est encore plus. Ici, on les laisse sans effet ; là, on renchérit sur leur rigueur. Où donc habitent la justice, la raison, la vérité ? Il fallait ne m'inspirer pas le désir de les connaître, ou m'en donner les moyens ; me dire au moins si elles existent, si elles ne sont pas de vaines chimères, des mots vides de sens. Oh combien, me disiez-vous, aujourd'hui même, combien ce jeune laboureur que je voie rompre avec effort la terre durcie aurait tort d'être jaloux de moi ! Il ne soupçonne pas que lorsqu'il travaille et que je me promène, mon esprit se tourmente mille fois plus que son corps ne se fatigue. C'est à moi à envier son sort, et en effet je l'envie. — Vous avez autant de tort, vous ai-je répondu, qu'il en aurait s'il enviait le vôtre. Il ne connaît pas vos peines, ni vous les siennes. — Dans son état, m'avez-vous dit, il est rare qu'on se tue : cela est-il rare aussi dans le mien ? — J'ai soupiré, mon fils ; je vous ai plaint. Nous étions à l'extrémité du parc, j'ai aperçu près de nous les deux femmes dont je parlais hier. — Éloignons-nous, ai-je dit à demi-voix. Elles paraissent tristes et cherchent de la consolation dans une confiance mutuelle. Vous paraissiez surpris, et vous m'avez dit avec un sou-rire mélancolique : — Quoi, elles ne viennent pas de l'université, n'y doivent pas retourner ; elles ne lisent point de livres de métaphysique, et elles pleurent ! — Ô mon fils ! qui est-ce qui ne paie pas quelquefois son existence par des larmes ? N'envions le bonheur de personne, tâchons d'augmenter le bien-être de chacun : personne n'en a trop. Plus loin nous avons rencontré une jeune fille qui revenait du marché de la ville voi-sine. Elle pleurait : elle avait perdu une partie de l'argent que lui avaient valu ses poulets, son beurre et ses œufs. Vous lui avez rendu fort au-delà de sa perte, et m'avez dit : — L'affliction des gens de cette classe se dissipe aisément. — Oui, mon fils, pourvu qu'ils rencontrent des gens com-patissants de la nôtre. Ceux-ci auront peut-être aussi des peines, et il pourra arriver que leurs peines, aux uns et aux autres, différentes quant au genre, égales quant à l'intensité, disparaîtront à la fois. Il y a un moment que cette fille pleurait, et vous étiez fort triste. Peut-être jalousait-elle votre sort, tandis que vous portiez envie à un jeune homme de même classe qu'elle, et la voilà qui court gaiement, et votre front s'est considérablement éclairci. Vos jouissances et les siennes, sans être semblables, sont équivalentes : que ferait de plus l'égalité des conditions ? — Mais, m'avez-vous dit, si tout était commun, l'argent n'aurait aucune valeur ; la jeune fille n'aurait rien à perdre. — Non, car elle n'aurait rien possédé. Des gens plus forts qu'elle ne lui auraient peut-être laissé ni œufs, ni poulets ; on les aurait pris sans donner rien en échange. Dans cet état de choses, les faibles se cacheraient, les forts seraient rois jusqu'à ce qu'ils rencontrassent d'autres forts ; alors ils se battraient entre eux ; le plus fort des forts, ou le plus habile, deviendrait seul roi, et, pour n'être pas inquiété dans son pouvoir, il ferait des conventions avec les moins forts, et ceux-ci avec les faibles. Et voilà les hommes comme ils sont : une petite fille se hasarde sur le grand chemin, et si elle perd son argent, ou qu'on lui prenne, soit ses œufs, soit le prix de ses œufs, un William Finch pourra compenser cette perte.

Ce 6 septembre 1797, à Londres.

Lord John et son frère ont fait renaître chez vous une grande velléité pour la mer. — Comme vous voudriez, William, vous ai-je dit ; mais

Ralph, Tom et moi ? — Et moi s'est écrié lord John ; moi donc, et lord Ducan [1], lord Saint-Vincent [2], la patrie et la gloire ? Vous étiez fort combattu. Honoria s'est approchée. — Croyez-vous, Monsieur, que je vous laissasse aller sur mer pour y perdre un bras, un œil, une jambe ? La belle chose que d'être un pair d'Angleterre mutilé et laid à faire peur ! — Vous y laissez bien aller vos cousins, a dit lord John. — C'est vrai, mais j'ai tant de ces cousins. — Nous vous sommes donc moins chers que William ? — Non pas moins chers, mais moins uniques. N'est-il pas l'unique fils du meilleur ami de mon père et de ma mère ?

Après les fêtes de Noël 1797, à Édimbourg.

Vous êtes fort accueilli dans plusieurs nobles et aimables familles. Cependant c'est à Lone Banck que vous avez voulu passer vos vacances : John y est. Il y a élevé une tour gothique qu'on appelle Williams Bourg. Tom a fait graver sur le frontispice : *l'Art reconnaissant à l'amitié généreuse*. Vous savez cela, William, encore mieux que moi ; mais ce

1. Amiral de la flotte anglaise (1731-1804). Il dirigea avec succès le blocus des Pays-Bas et vainquit la flotte hollandaise au large de Camperdown (1797).
2. Amiral de la flotte anglaise (1735-1823). Il participa notamment au blocus de Toulon en 1793. Il remporta une victoire contre la flotte espagnole près du cap Saint-Vincent (1797).

que vous ignorez peut-être, c'est que Tom a enterré quelques livres sous les murs de la tour. Si des barbares, dit-il, ravagent ce pays, un pâtre retrouvera dans quelques siècles ces monuments de la science et du génie. Il a fait graver sur toutes les pierres angulaires des fondements : *Dig. Deeper. Creusez. Profundius*[1]. Oh, quelle agréable surprise, quand, arrivant le soir à Lone Banck, vous aperçûtes de loin cette tour illuminée ! Tom montait la colline avec vous. Il vous dit ce que c'était, car vous ne saviez pas qu'on l'eût bâtie, et on venait de l'achever. Que Tom était content ! Vous n'avez plus de *spleen*.

Ce 20 octobre 1798.

Vous avez passé presque tout l'été à Lone Banck, logé dans votre tour. L'architecte y occupait le rez-de-chaussée, le lettré avec ses livres s'était placé au-dessus de votre chambre, que j'ai partagée pendant quelques jours. Nous voici revenus à Édimbourg.

Ce 1er novembre 1798.

Depuis que nous avons connaissance de la bataille d'Aboukir[2], vous en parlez sans cesse. Que

1. Lat. : « plus profond » ; traduit l'anglais « dig deeper ».
2. Bataille navale remportée en août 1798, dans la rade d'Aboukir, par l'amiral Nelson contre la flotte de Bonaparte partie à la conquête de l'Égypte.

cette petite folle d'Honoria, dites-vous, m'a joué un mauvais tour avec ses malheureuses prédictions! Lord John a été blessé, mais légèrement; son frère s'est extrêmement distingué et n'a pas reçu une égratignure. Les voilà déjà nommés parmi les héros. Il arrive ici journellement de très jolies personnes; on va donner des fêtes, peut-être oublierez-vous vos regrets.

Ce 30 mars 1799.

Oui, William, elle est fort jolie, cette petite miss Brown, mais bien coquette aussi. Hier j'étais dans mon cabinet, la porte entr'ouverte. Tom la croyait fermée; je l'entendais vous dire : — Ce n'est pas une femme pour vous. Elle a beau être coiffée, habillée comme une dame de qualité, et en être une, puisque son père est lord *Viscount* Brown; elle a beau jouer de la harpe et de la guitare, ce n'est pas une femme pour vous, et vous seriez marié plus selon votre rang et votre dignité avec la fille de Mary Worth, la voisine de ma mère. — Ah Tom! si vous l'aviez vue danser hier! — Je sais comment elle danse; beaucoup trop bien pour une belle-fille de sir Walter Finch. Je vous réponds que si vous l'épousez, votre père n'ira de sa vie à un bal où elle devra danser. — Mais pourquoi cela, Tom ? — Oh! si vous ne le savez pas avant que je le dise, vous ne le sauriez pas après.

Rappelez-vous ce que dit Salluste de Sempronia[1].
— Mais, Tom, elle ne danse pas seulement, elle
travaille comme Minerve. C'est elle qui brode ses
ceintures, les garnitures de ses robes. Ce chapeau
si joli qui la parait hier, elle l'avait fait. — Oui, je
n'en doute pas. La coquetterie, quand elle n'est
pas jointe à une extrême opulence, fait beaucoup
de ces minerves. Mais elles figureraient mieux, à
mon avis, dans une boutique de mode, que dans
l'Olympe, ou même à Ivy Hall.

Ce 1er avril.
Pourquoi ne me parlez-vous pas de miss
Brown ? vous ai-je dit ce matin. Je vois bien qu'elle
vous occupe extrêmement. Vous avez rougi. Eh
bien ! William, répondez-moi. — Que vous dirai-
je, Monsieur ? Je suis amoureux, si on peut l'être
sans être aveuglé. Tom m'a tourmenté continuellement de ses observations. Il me désole, car, malgré moi, je trouve qu'il dit vrai. Elle est
diablement coquette ! Au moment que dans une
assemblée on la dirait occupée de moi seul, Tom
s'aperçoit qu'elle a l'œil aux aguets du côté de la
porte. Si M. Edgeomb vient à entrer, son air

1. Dans la *Conjuration de Catilina*, l'historien latin Salluste
mentionne la femme, énergique mais légère, d'un des conspi-
rateurs, Decimus Junius Brutus.

change imperceptiblement, et avec de petites manières assez réservées, parce qu'il n'est plus bien jeune; elle l'attire, le captive; alors il doit croire qu'elle n'a badiné avec moi que comme avec un frère, et moi, sans les avertissements de Tom, je croirais qu'elle ne le traite avec tant d'égards que parce qu'il a rendu des services à lord Brown. M. Edgeomb est très riche. Lord Brown ne l'est pas. D'ailleurs, j'en veux à cette petite fille, de m'avoir fait perdre la plus belle occasion de voir un pays que je meurs d'envie de connaître. — Quel pays, William? — La Turquie, le Levant. Lorsque ce désir me vint vous n'étiez, Monsieur, ni ici ni à Londres. J'ai donc écrit à lord Frederic, le priant de parler à sir Sidney Smith[1], dont la réponse a été la plus obligeante du monde. Il m'aurait pris avec lui volontiers, et cependant, comme un sot, je le laisse partir, et je reste. — Vous pourriez l'aller trouver. — Oui, c'est ce que j'ai pensé. — Je serai bien aise que vous mettiez quelqu'intervalle entre votre éducation et votre établissement. — Croyez-vous que miss Brown voulût attendre mon retour? — Oh!

1. Amiral de la flotte anglaise (1764-1840). Il fut fait prisonnier des Français lors du siège de Toulon (1793), réussit à s'évader et fut nommé ministre plénipotentiaire à Constantinople. Il défendit Saint-Jean-d'Acre contre les troupes de Bonaparte (1799).

si elle ne le voulait pas... — Je vous entends, Monsieur. Tout devrait être dit, et tout serait dit. Oui, si seulement elle hésitait je n'y penserais plus, je vous le jure. Parlez-lui, Monsieur ; sondez-la, jugez de ses dispositions envers moi, jugez son caractère. Je m'en remets entièrement à vous. — William, je pourrais être partial. J'avais d'autres vues. — D'autres vues ? — Oui, d'autres vues. — Quoi ! Honoria, peut-être ? Mais, n'importe. Entre vos vues et mon inclination, vous jugerez impartialement. Vous serez clairvoyant et juste. Parlez à miss Brown, et puis décidez pour moi. Vous condescendrez peut-être à me rendre compte de vos motifs. — Oh ! certainement ; et si vous jugez autrement que moi, vous serez le maître de révoquer ma décision. — Non, je ne le serai pas, je ne veux pas l'être. — Voulez-vous aller attendre cette décision à Ivy Hall ? — C'est bien loin. J'irai à Lone Banck. — Soit. Mais il faut partir aujourd'hui. — Oui, tout à l'heure. Avez-vous vu, mon fils, combien votre confiance m'a touché ?

Ce 3 avril.

J'ai invité à déjeuner lady Brown, sa fille, lady El... et quelques hommes. Après avoir mis les dames au jeu, j'ai mené miss Brown dans un cabinet où j'avais fait porter des estampes, que j'ai dit lui vouloir montrer. Nous nous en sommes occupés quelques moments, puis je lui ai parlé de vous ; elle a baissé les yeux et a fait de petites mines, comme si elle eût voulu cacher de l'embarras et de la rougeur ; mais elle n'en avait point. — Vous avez presque fait tourner la tête à William, ai-je dit. — Oui, presque, et presque est équivalent à point du tout. Je suis sûre qu'il n'a pas oublié que je suis une Écossaise sans fortune, et sans aucune de ces connexions [1] qui favorisent l'ambition d'un jeune homme. — Moi, je suis persuadé qu'il n'a pas songé à cela du tout. — À quoi songe-t-il donc, car il est avec moi d'une circonspection extrême ? — Il songe que vous êtes très jolie, que vous avez fait plusieurs conquêtes, dont vous n'en négligez aucune. — Moi des conquêtes ? — Oui, M. Edgeomb, par exemple. — C'est un ami de mon père. — Mon fils songe, peut-être, encore qu'il est trop jeune pour se marier. — Il est grave donc pour son âge. — Je le trouve trop jeune, non seulement pour se marier, mais pour prendre un engagement, et s'il m'en croit, il n'en prendra un que lorsqu'il sera majeur. L'âge que la loi veut qu'on attende pour disposer de sa fortune, est peut-être encore trop peu avancé pour faire le choix d'une compagne qui devra l'être à jamais.

1. Anglicisme : relations, liens de famille.

D'ailleurs, mon fils aurait quelqu'envie de joindre sir Sidney Smith, et de voir, avec les flottes et les armées turques, russes et françaises, le Levant, peut-être l'Égypte. Cette curiosité balance chez lui une inclination qu'il ne croit pas bien vivement partagée. — Voudrait-il que je n'eusse qu'une seule idée, quand il en a plusieurs, sans compter les vôtres? — Peut-être le voudrait-il. — Cela ne serait pas juste. — Songez donc que son rival est d'une toute autre espèce que vos rivales. Celles-ci ne sont autres que les Dardanelles, les Sept-Tours [1], Damiette [2], Alexandrie. — Mais votre opinion, Monsieur? — Mon désir, Mademoiselle, est qu'il apprenne à vous mieux connaître et qu'il attende. — Qu'il attende, Monsieur! Cela peut vous convenir, car en attendant il se détacherait. J'ai tout à l'heure dix-huit ans : c'est l'âge où une fille sans fortune doit se marier. M. Edgeomb n'a pas, comme monsieur votre fils, les grâces de la première jeunesse; mais sa figure n'est point mal; il a bon air : je lui trouve de la douceur et du sens... — Sans oublier, Mademoiselle, qu'il est très riche et qu'il n'a plus de père qui s'avise de s'ingérer dans sa conduite. — Monsieur, s'il est

1. Forteresse située à Constantinople; elle avait servi de prison.
2. Dumyat, ville de la Basse-Égypte, sur la rive droite du Nil.

riche ce n'est pas sans doute un défaut, mais ce que j'allais ajouter à son éloge quand vous m'avez interrompue, c'est qu'il ne parle pas d'attendre, et que si j'y consens il m'épousera tout de suite, me mènera pendant la belle saison à Bath et à Tunbridge[1] et avant l'hiver à Londres. — Allez, Mademoiselle, à Bath, à Tunbridge, à Londres. Il ne faut pas que mon fils soit un obstacle à votre résolution. Je lui rendrai compte de notre conversation et du conseil par lequel je la termine. — N'oubliez pas de lui dire aussi, Monsieur, que je vous en remercie bien sincèrement. M. Edgeomb est actuellement en voyage ; mais dès qu'il sera revenu je l'instruirai de ce qu'il veut bien appeler son bonheur.

Mon fils, je vous enverrai à l'heure même tout ce gros cahier. Lisez, méditez ; c'est à vous d'achever de corriger, de perfectionner votre éducation. Me demandez-vous comment vous devez vous y prendre, je vous dirai : passez cet été et s'il se peut un temps plus long à Ivy Hall, seul ou avec Tom. Là, reposez votre âme, et repassez lentement vos souvenirs. Revivez à Lone Banck, à Saint-Cloud, à Paris, à Londres, à Eton, à Cambridge, à Édimbourg : puis étudiant votre jeune expérience,

---

1. Célèbres villes d'eaux anglaises, l'une dans le Somerset, l'autre dans le Kent.

voyez ce que vous êtes et ce que vous voudriez et pourriez être, de quelle manière les hommes et les choses influent sur vous, comment vous pouvez tirer le meilleur parti de vos facultés, ce que vous pouvez faire de mieux pour votre bonheur et pour votre réputation, qui, à ce que je crois, ne vous sera pas indifférente. Nul homme ne peut réunir tous les talents, tous les succès, toutes les jouissances. D'après votre capacité la plus marquée et vos goûts les plus chers, il faut choisir ce qui vous convient le mieux, puis renoncer au reste. Des plans incertains, un caractère vague, une vie morcelée, ne satisfont ni soi ni le monde. Si d'abord vous vous liez par vos résolutions, bientôt vous vous trouverez enchaîné par vos habitudes. En méditant sur vous-même, ne négligez pas de regarder autour de vous. Reconnaissez au juste le temps où vous vivez. Voyez la guerre qui partout se rallume et que nous ne verrons peut-être jamais s'éteindre. Voyez votre patrie : voyez les dettes, les impôts, les difficultés de toute espèce embarrasser les ministres et peser sur l'État, qui néanmoins se soutient glorieusement. Talents, valeur, prodiges d'habileté, d'énergie, de constance, vous êtes la plus belle et la plus étonnante de nos propriétés nationales ! Essaierez-vous, mon cher fils, de partager les travaux et les honneurs de vos compatriotes ? Entre les affaires et la retraite, vous voyez le choix que j'ai fait. En voici la raison : jamais je n'ai reconnu un but auquel je voulusse parvenir à tout prix. Jamais je n'ai voulu astreindre ma volonté à celle de personne. Jamais je n'ai voulu me liguer ni même m'associer avec d'autres hommes, car nous accordant sur le but, nous pouvions différer sur les moyens. Vous pouvez penser autrement sans que je songe à vous blâmer. Je n'oserais même vous blâmer si vous preniez le parti du service de la mer, et mon âme ne doit pas se mettre à la place de la vôtre, ni prétendre vous servir de flambeau. Vous jouirez dès à présent du revenu de la succession de Mme Melvil. Je pars pour l'Amérique. Mon testament est fait. Je n'ai oublié ni Betty, ni Ralph, ni Tom, ni John, ni Félicia, ni la fille de lord Frederic. J'emmènerai John. J'établirai Félicia, ou la ramènerai. Si elle convient à John, John à elle, je les marierai ensemble. Vous attendrez pour vous marier votre majorité, ou mon retour. Je n'ai point de pressentiment sinistre et j'espère vous revoir au plus tard dans un an, peut-être déjà dans six mois.

Appendices

Éléments biographiques

1740. Naissance au château de Zuylen, près d'Utrecht, d'Isabella Agneta Elisabeth van Tuyll van Serooskerken, dite Belle van Zuylen, première d'une famille de sept enfants. Très cultivés, ses parents veillent à lui faire donner une éducation particulièrement soignée. Belle manifeste rapidement un grand talent pour la musique et les langues étrangères.

1750-1751. Séjourne à Genève avec sa gouvernante suisse, puis voyage à Paris.

1760. Rencontre à un bal de David-Louis de Constant d'Hermenches, officier suisse au service de la Hollande. Belle entame avec lui une correspondance secrète, véritables gammes préparatoires aux romans épistolaires qu'elle écrira par la suite; cette correspondance durera seize ans.

1762. Publication dans un journal littéraire hollandais d'un conte, *Le Noble* (ses parents en interdisent la publication en volume l'année suivante).

1763. Au cours d'un séjour d'une année en Hollande, James Boswell, riche aristocrate écossais et mémorialiste talentueux, fait la connaissance de la jeune fille qui a acquis une grande réputation d'érudition. Il se lie d'amitié avec elle ; il la demandera en mariage quelques années plus tard et sera éconduit.

1766-1767. Séjour en Angleterre ; en août, Quentin de La Tour a fait d'elle un portrait au pastel : traits imposants, expression ouverte et amène (Musée d'art et d'histoire de Genève). Dans les années qui suivent, Belle refuse plusieurs demandes en mariage.

1771. Belle van Zuyen épouse Charles-Emmanuel de Charrière, gentilhomme originaire du canton de Vaud. Elle quitte la Hollande pour la maison du Pontet, à Colombier, près de Neuchâtel, où réside la famille de son mari. À partir de ce moment, elle mène la vie de la petite aristocratie éclairée du pays : brefs séjours à Genève et à l'étranger (dont des visites régulières à sa famille restée en Hollande), réceptions, concerts, spectacles, visites de nombreux amis hollandais, anglais, suisses, allemands et français. Jean-Antoine Houdon exécute son buste (Bibliothèque publique et universitaire de Neuchâtel).

1773. Consultation de Cagliostro à Strasbourg dans l'espoir, semble-t-il, d'avoir un enfant.

1784. Publication à Genève des *Lettres neuchâteloises*, qui suscitent quelques polémiques, et des *Lettres de mistriss Henley*. Composition d'opéras à la manière italienne, d'arias et de romances, d'une quinzaine de sonates pour harpe ou piano forte, de menuets pour quatuor à cordes. De cette production musicale importante, il ne reste malheureusement que quelques compositions mineures.

1785. Publication à Genève des *Lettres écrites de Lausanne*.

1786-1787. Long séjour d'Isabelle de Charrière à Paris où son mari vient la rejoindre. Elle y rédige *Caliste*. Elle fait la connaissance du jeune Benjamin Constant, neveu de Constant d'Hermenches, avec lequel elle entretiendra une correspondance intellectuelle jusqu'à sa mort, et une relation difficile, notamment marquée par une longue brouille entre 1794 et 1796. Publication à Paris de *Caliste ou Suite des Lettres écrites de Lausanne*. En septembre 1787, Isabelle de Charrière regagne sa maison du Pontet qu'elle ne quittera plus guère. En décembre, très inquiète du désordre qui semble s'installer en Hollande, elle publie les deux premiers numéros des *Observations et conjectures politiques*.

1788. Suite des *Observations et conjectures politiques*, rédaction d'une comédie, *Comment la nommera-t-on?* et du livret d'opéra *Les Phéniciennes*; démarches auprès de compositeurs, parmi lesquels Mozart, Paisiello et Cimarosa.

1789. En réponse au texte de Germaine de Staël, *Lettres sur les ouvrages et le caractère de Jean-Jacques Rousseau*, qui vient de paraître, Isabelle de Charrière publie deux articles, dont *Plainte et défense de Thérèse Levasseur*, plaidoyer en faveur de la compagne du philosophe. À la fin de l'année, elle accepte de participer à l'édition complète des *Confessions*. Elle se lie avec des émigrés français fuyant la Révolution.

1790. Septembre-novembre, arrivée au Pontet du compositeur Nicola Antonio Zingarelli (1752-1837) avec lequel Isabelle de Charrière se met à travailler à différents projets ; elle compose notamment un opéra comique intitulé *Les Femmes*. Elle soumet texte et musique à l'Opéra de Paris ; elle fait de même pour *Zadig* au Teatro Regio de Turin, sans succès.

1791. Publication de l'*Éloge de Jean-Jacques Rousseau* et d'un conte inspiré par la situation de Marie-Antoinette, *Aiglonette et Insinuante ou La Souplesse*.

1793. Publication des *Lettres trouvées dans la neige* et des *Lettres trouvées dans des portefeuilles d'émigrés*. Séjour de Benjamin Constant à Colombier. Il s'emploie notamment à trouver un éditeur pour les textes d'Isabelle de Charrière.

1794. Les troupes françaises envahissent la Hollande ; le frère d'Isabelle de Charrière est blessé au combat et meurt quelques mois plus tard. Rédaction d'une comédie, *Élise ou L'Université*, traduite en allemand et publiée par Ludwig Ferdinand Huber qui assurera désormais la diffusion des textes d'Isabelle de Charrière en Allemagne.

1795. Rédaction de *Trois femmes*, traduit en allemand.

1796. Rédaction d'*Honorine d'Userche*, traduit en allemand.

1797. Avec Isabelle de Gélieu, traduction en français et publication de *Nature and Art* de l'actrice Elizabeth Inchbald. Rédaction de *Sainte Anne*.

1798. Occupation de la Suisse par les troupes françaises. Début de la campagne d'Égypte de Bonaparte, d'abord marquée par une victoire de la flotte anglaise à Aboukir. Rédaction de *Asychis ou Le Prince d'Égypte*. Publication à Zurich de l'ensemble des brefs romans rédigés dans les années qui précèdent sous le titre *L'Abbé de la Tour*.

1799-1800. Long séjour au Pontet du neveu d'Isabelle de Charrière, Willem-René van Tuyll, dit « Poes ». En novembre, elle lui dicte une longue lettre d'instruction, sorte de testament pédagogique. Rédaction du roman des *Finch* qu'Isabelle de Charrière cherche en vain à faire imprimer de même que plusieurs comédies.

1802. Rédaction avec Thérèse Forster (la belle-fille de Huber) des *Lettres d'Émilie à son père*, destinées à être traduites en allemand et publiées par Huber.

1805. En décembre, mort au Pontet, à l'âge de soixante-cinq ans, d'Isabelle de Charrière. Elle ne laisse pas de descendance.

1806. Publication posthume à Genève de *Sir Walter Finch et son fils William*.

Repères bibliographiques

Œuvres d'Isabelle de Charrière

Honorine d'Userche, Toulouse, Éditions Ombres, 1992.

Lettres de Lausanne, et autres récits épistolaires, préface de Benedetta Craveri, Paris, Éditions Payot et Rivages, 2006.

Œuvres complètes, éd. critique publiée par Jean-Daniel Candaux, C. P. Courtney, Pierre H. Dubois, Simone Dubois-De Bruyn, Patrice Thompson, Jeroom Vercruysse et Denis M. Wood, Amsterdam/Genève, G. A. Van Oorschot/Éditions Slatkine, 1979-1984, 10 vol. [Cette édition contient une chronologie extrêmement détaillée de la vie d'Isabelle de Charrière (en ouverture des vol. 1-6) et comprend deux volumes de romans et contes ; le vol. 9 contient *Sir Walter Finch et son fils William* ainsi que l'ébauche de la suite du roman où cette fois William tient la plume dans un journal adressé à son père (pp. 567-606)].

Sainte Anne, éd. Yvette Went-Daoust, Amsterdam/Atlanta, Rodopi, 1998.

Sir Walter Finch et son fils William, éd. Valérie Cossy, Paris, Desjonquères, 2000.

Trois femmes, éd. Claire Jaquier, Lausanne, L'Âge d'Homme, 1996.

Isabelle et Charles-Emmanuel de Charrière, *Correspondance et textes inédits*, éd. Guillemette Samson et Jean-Daniel Candaux, Paris, Honoré Champion, 2006.

Ouvrages généraux

COURTNEY, Cecil P., *Isabelle de Charrière (Belle de Zuylen). A Biography*, Oxford, Voltaire Foundation, 1993.

DEGUISE, Alix, *Trois femmes : le Monde de Madame de Charrière*, Genève, Slatkine, 1981.

LETZTER, Jacqueline, *Intellectual Tacking : Questions of Education in the Works of Isabelle de Charrière*, Amsterdam-Atlanta, Rodopi, 1998. [Voir aussi, sur la production musicale d'Isabelle de Charrière : ADELSON, Robert et LETZTER, Jacqueline, *Women Writing Opera : Creativity and Controversy in the Age of French Revolution*, Berkeley, University of California Press, 2001.]

OZOUF, Mona, *Les Mots des femmes : essai sur la singularité française*, Paris, Fayard, 1995 (pp. 53-83).

SAINTE-BEUVE, Augustin, *Portraits de femmes*, Paris, Gallimard, « Folio », 1998 (pp. 489-540).

TROUSSON, Raymond, *Isabelle de Charrière : un destin de femme au XVIIIᵉ siècle*, Paris, Hachette, 1995.

VAN DIJK, Suzanne (dir.), *Belle de Zuylen/Isabelle de Charrière, Education, creation, reception*, Amsterdam/New York, Rodopi, 2006.

DÉCOUVREZ LES FOLIO 2 €

« FEMMES DE LETTRES »
Série conçue et réalisée par Martine Reid
Parutions de mars 2008

Madame d'AULNOY   *La Princesse Belle Étoile et le prince Chéri*
Marie-Catherine Le Jumel de Barneville (1650-1705), baronne d'Aulnoy, a connu une vie romanesque avant de jouir d'une grande notoriété grâce à la publication de romans, de récits de voyages et de contes de fées. Elle est la première grande figure de la lignée des femmes conteuses.

Isabelle de CHARRIÈRE   *Sir Walter Finch et son fils William*
Isabelle de Charrière (1740-1805), musicienne et compositrice, est l'auteur de romans, de pièces de théâtre et d'essais ainsi que d'une abondante correspondance. Sous la forme d'un journal fictif, *Sir Walter Finch et son fils William* raconte l'éducation d'un jeune garçon par un père acquis aux idées des Lumières.

Isabelle EBERHARDT   *Amours nomades*
Isabelle Eberhardt (1877-1904) fut pendant quelques années une voyageuse infatigable, mêlant son existence à celle des peuples de l'Algérie, du Maroc et de la Tunisie auxquels elle vouait une véritable passion. Convertie à la religion musulmane, elle mourut à vingt-sept ans, laissant une œuvre littéraire entièrement consacrée au monde qu'elle avait fait sien.

Flora TRISTAN   *Promenades dans Londres*
Contemporaine de George Sand, grand-mère de Paul Gauguin, Flora Tristan (1803-1844) est l'une des premières figures féministes et socialistes de son temps. Sous le titre *Promenades dans Londres*, elle a dressé en 1840 un portrait sévère des conditions de vie des habitants de la capitale anglaise.

Déjà parus dans la même série :

Simone de BEAUVOIR   *La Femme indépendante*

Madame CAMPAN   *Mémoires sur la vie privée de Marie-Antoinette*

Madame de GENLIS   *La Femme auteur*

George SAND   *Pauline*

Elsa TRIOLET   *Les Amants d'Avignon*

Renée VIVIEN   *La Dame à la louve*

Composition Bussière
Impression : Novoprint
à Barcelone (Espagne), le 12 février 2008.
Dépôt légal : février 2008.
ISBN 978-2-07-034772-8./Imprimé en Espagne.

152712